잊히는 용기,
살아남는 문장

잊히는 용기, 살아남는 문장

펴 낸 날   2025년 2월 5일

지 은 이   최동열
펴 낸 이   이기성
기획편집   이서은, 최인용, 권희연
표지디자인   이서은
책임마케팅   이수영, 김정훈
펴 낸 곳   도서출판 생각나눔
출판등록   제 2018-000288호
주　　소   경기도 고양시 덕양구 청초로 66, 덕은리버워크 B동 1708호, 1709호
전　　화   02-325-5100
팩　　스   02-325-5101
홈페이지   www.생각나눔.kr
이 메 일   bookmain@think-book.com

• 책값은 표지 뒷면에 표기되어 있습니다.
  ISBN 979-11-7048-968-9 (03810)

잊히는 용기,
살아남는 문장

최동열 지음

생각나눔

삶은 예측할 수 없는 파동으로 가득하며, 때로는 섬세한 교차점에서 예기치 않은 어려움과 마주하게 됩니다.

이 책에서는 사회에서 살아가는 순간, 우리의 내면에 숨겨진 희미한 빛을 발견하고, 역경을 통해 비로소 진정한 성숙과 품격을 기를 수 있다는 희망의 메시지를 전하고 있습니다.

진실은 사람의 귀에 들리기보다 마음속에 스며든다고 합니다. 말이 누군가의 마음에 깊이 남는다면, 그것은 결코 끝내 잊히지 않을 것입니다.

'잊히는 용기'는 '살아남는 문장'을 만들어 냅니다. 그리고 그 문장은 수많은 사람의 하루를 천천히 붙잡아 주고, 굳건하게 삶의 의미를 지탱하는 존재가 되는 것입니다.

모든 순간은 그 자체로 고유하고 소중한 가치를 지니고 있습니다. 책은 우리의 현실을 외면하지 않고 정면으로 나아가려는 용기, 그리고 그 안에서 한 줄기 희망을 찾아 성장해 가는 인간의 보편적인 여정을 진솔하게 그려내고 있습니다.

독자님에게 따뜻한 위로와 깊은 영감을 선사하여, 그 삶이 의미 있고 아름답게 완성되기를 진심으로 기원합니다.

차 례

Chapter 1

나로 살아가는 연습

자기 발견과 정체성의 시작

사람들 속에서도 혼자일 수 있다

나를 믿지 못할 때

조용히 묻는다

"오늘도 너로 살았느냐"

그 물음 앞에

고개 들 수 있을까?

바람이 스쳐 지나가는 것처럼 무심한 군중 속에서, 때로 우리는 한 없이 깊은 고독을 마주한다. 따스한 온기로 둘러싸인 듯한 착각 속에 서도, 가슴은 쓸쓸함으로 채워질 때가 있다. 심장을 짓누르는 이 외로움은 마치 어두운 심연처럼 턱밑까지 차올라, 날카롭고도 본질적인 물음으로 나 자신을 향해 파고든다. "오늘 하루, 너는 너 자신으로 살았느냐?" 그 엄숙한 질문 앞에, 과연 우리는 떳떳이 고개를 들고 눈을 맞출 수 있을까? 만약 그럴 수 있다면, 그것이야말로 세상의 어떤 명예나 영광보다 값진, 영혼의 고귀한 승리일 것이다.

찰스 피니의 외침이 메아리처럼 가슴속 깊은 곳까지 울린다. 그의 명저 『죽을 만큼 거룩하라』에서 그는 신앙이든, 혹은 인간 존재의 깊은 사랑이든, 그 어떤 숭고한 가치도 굳은 결심으로 완성되지 않음을 일깨워준다. 진정한 성화는 매일 숨을 죽이고 내면의 소리에 귀 기울이며 다시 일어서는 고독한 투쟁 속에서 비로소 피어나는 꽃이라 했다. 그 길은 홀로 걷는 구도자의 고행과도 같다. 고독의 심연으로 내디딜수록 세상의 요란한 아우성과 거짓된 찬사는 아득히 멀어지는 고요 속으로 잠기고, 주변의 시끌벅적한 환호와 박수갈채 또한 점차 희미해진다. 그 길 위에는 오직 자신과의 치열한 싸움만이 전부로 남는다. 아무도 알아주지 않는 어둠 속에서 땀과 눈물로 하루를 버텨내는 그 치열한 몸짓만이, 마침내 우리를 깊은 사랑의 경지로 이끌 수 있다고 말한다. 수없이 넘어지고 또 넘어져도 끈질기게 다시 일어서는 용기, 그리고 누구의 시선도 닿지 않는 어둠 속에서 불꽃을 지켜내는 굳건함이 있다. 이 모든 고요한 투쟁이 결국 세상의 빛으로 변모시키고, 진정한 나를 찾아가는 안내서가 되어줄 것이다.

물론, 우리는 사회적 존재이기에 함께 살아가는 생의 소중함을 누구보다 잘 안다. 같은 길을 걷는 이들과 나누는 눈빛과 격려, 그리고 서로를 향한 변함없는 믿음은 때로 우리를 지속시켜줄 용기가 된다. 한 권의 책을 앞에 두고 인생의 이야기를 나누며, 서로의 마음속 은밀한 곳까지 들여다보는 경험은 얼마나 소중하고 값진가. 나 또한 주변의 소중한 이들과 함께한 모든 시간이 삶을 한층 더 풍요롭고 가치 있게 만들어주었음을 부정할 수 없다. 그러나 문득, 언젠가는 누구의 도움도 없이 온전히 홀로 서야 하는 순간이 반드시 찾아온다는 것을 깨닫는다. 인생은 언제나 언어가 담을 수 없을 만큼 복잡하고 예측 불가능하며, 누군가를 향한 믿음 또한 한순간에 완벽해지는 법이 없다. 우리를 흔들리지 않는 단단한 존재로 만드는 것은 결국 고난과 역경을 견뎌낸 굳건한 내면의 의지일 것이다.

그런데 참 이상하게도, 사람들과 함께 있어도 사라지지 않는, 오히려 더 깊어지는 듯한 종류의 외로움이 있다. 그것은 마치 존재의 근원적인 그림자처럼 우리의 인생을 따라다닌다. 하지만 중요한 것은, 그 고독감이 결코 우리를 집어삼키도록 내버려 두어서는 안 된다는 것이다. 오히려 그 속에서 비로소 온전히 홀로 보냈던 시간들을 사랑하게 된다. 그 시간은 남의 시선에 얽매이지 않고 오롯이 스스로 생각하고 결정하며, 홀로 행동하는 데 필요한 용기가 값진 인고의 시간이 된다. 이는 마치 고요한 명상 속에서 자기 자신을 들여다보는 것과 같아서, 비로소 외부에서 벗어나 진실한 목소리에 귀 기울일 수 있게 한다.

그러므로 사람들 속에서도 결코 자기 생각을 잃지 않고, 자신만의 고유한 빛깔을 지켜내는 것이 얼마나 중요한 일인가? 타인의 시선과 얄팍한 기준에 이리저리 휘둘리지 않고, 자신만의 굳건한 중심을 붙잡는 일은 말처럼 쉽지 않다. 특히 끊임없이 우리를 평가하고 판단하려는 사회의 압력 속에서는 더 그러하다. "이대로는 안 돼!", "모두가 그렇게 살아!"라는 세상의 속삭임은 때로는 달콤한 유혹으로, 때로는 견디기 힘든 채찍질로 우리를 휘두르려 한다. 부조리한 세상에서 곧게 살아가려는 사람은 언제나 더디고 고단한 길을 걸을 수밖에 없다. 주변의 빠른 흐름에 동화되지 못해 외톨이가 된 듯한 느낌이 스며들기도 한다. 그러나 이 길을 끝까지 '나'로 남아 걷는다는 것은 언젠가의 화려한 보상을 바라는 희망 고문이 아니다. 그것은 바로 지금, 이 순간 나의 일생이 왜곡되거나 흔들리지 않도록 자신에게 약속하고 지켜나가야 할 존엄한 맹세이다. 타인의 속도에 맞춰 발걸음을 조절하되, 자신 본연의 빛을 잃지 않는 존재가 되어야 한다.

나만의 길이 외롭다고 해서 결코 잘못된 길도 아니고 약한 것도 아니다. 오히려 타인의 인정이나 환호가 없는 고독 속에서 강인한 나를 발견하게 된다. 자신을 지키는 숭고한 고독은 때로 수많은 군중이 가진 맹목적인 힘보다 훨씬 강력한 원동력이 된다. 이는 마치 거대한 숲 속에서 홀로 우뚝 선 고목이 사시사철 비바람을 견디며 자신만의 견고한 역사를 써 내려가듯, 우리 또한 고독 속에서 자신만의 중심을 발견하는 과정이다.

"너는 누구인가?"라는 영원한 질문 앞에서 우리는 그 어떤 망설임 없이 진정한 모습을 지킬 수 있어야 한다. 세상이 온갖 달콤한 유혹으로 속삭이며 우리의 중심을 흔들 때, "너는 오늘도 너로 살았느냐? 너의 목소리를 용기 있게 냈느냐?"라고 묻는 그 심오한 질문 앞에 고개를 들 수 있다면, 그것으로 충분하다. 용기 있는 고백 하나가 결국 우리를 어떤 혼란과 시련 속에서도 굳건히 지켜줄 것이다. 결국은 '우리' 자신으로 남아 빛나게 할 것이다.

누구나, 자기만의 무게를 들고 있다

하루의 끝에서야

비로소 들리는 소리

말없이 버텨낸 이들의

조용한 목소리

해가 지면, 분주했던 세상은 비로소 숨을 고른다. 그 고요함 속에서 문득 들리는 것이 있다. 그것은 마치 말없이 하루를 버텨낸 이들의 조용한 숨소리처럼, 혹은 가슴 깊이 묻어둔 한숨처럼 들려온다. 우리는 모두 겉으로는 괜찮은 듯 웃고 있지만, 사실은 그렇지 않다. 이 세상에 정말 아무런 무게도 없이 가볍게 사는 사람이 있을까? 나는 이제 더 이상 그런 생각을 믿지 않는다. 사람들의 표정 뒤에는 수없이 많은, 차마 말로 다 표현하지 못한 무게들이 숨 쉬고 있다. 그 무게는 언어로 전달되기보다 침묵 속에 더 깊이, 더 오래 담겨 있다.

나 또한 그런 시절을 지나왔다. 학교 다닐 때 갑자기 집안 사정이 어려워졌던 어느 해, 넘어지지 않으려 안간힘을 썼다. 하지만 어느 날, 문득 내가 걷는 이 길 위에 수많은 사람이 각자 자기만의 짐을 짊어지고 있다는 것을 깨달았다. 누구의 삶이 가벼워 보이는 것은, 우리가 그들이 짊어진 무게를 실제로 들어보지 못했기 때문이라는 사실이다. 겉으로 드러나는 모습만으로는 그 깊이와 아픔을 결코 가늠할 수 없는 법이다. 모두는 최선을 다해 노력하는 용기 있는 사람들이었다.

빅터 프랭클이라는 위대한 정신과 의사의 이야기는 이 생각에 깊이를 더한다. 그는 아우슈비츠 강제 수용소라는 인간 생존의 극한 상황에서 살아남아, 고통 그 자체보다 고통에 어떤 의미를 부여하느냐가 한 인간의 존재를 결정한다고 역설했다. 그의 말은 내 마음속 깊이 파고들어 오랫동안 잊히지 않는 지혜가 되었다. 타인의 무게와는 결코 비교할 수 없는, 각자에게 부여된 삶의 무게를 우리는 감내하고 살아가야 한다. 그 무게는 각자의 생의 의미를 찾아가는 소중한 열쇠이기도 하다.

유튜브에서 우연히 보게 된 영상 속에는 이혼을 겪은 한 사람의 진솔한 이야기가 담겨 있었다. 사랑으로 시작된 결혼이었지만, 그 관계를 끝맺기까지는 상상할 수 없을 만큼 길고 힘든 시간이 있었다고 했다. 겉으로는 티 내지 않고 어떤 전쟁보다 치열한 내적인 싸움을 홀로 감당해냈다. 이제는 자신만의 속도와 길을 다시금 걷고 있다는 그녀의 담담한 목소리가 오래도록 귓가에 맴돌았다. 우리는 다른 사람이 무거운 짐을 내려놓기까지 얼마나 많은 시간을 홀로 견뎌왔을지 알지 못한다. 그래서 그들을 바라보는 우리의 시선은 더욱 조심스럽고 사려 깊어야 한다.

기시미 이치로의 책에서 읽었던 한 문장 또한 깊은 공감을 불러일으켰다. 그는 '미움받을 용기'라는 메시지를 전했음에도 사람들이 크게 달라지지 않은 이유를 이렇게 설명했다. 사람들은 용기를 낼 힘조차 없을 만큼, 이미 삶을 버텨내는 것 자체로 지쳐 있기 때문이라는 의미였다. 그 말은 꾸밈없는 솔직함으로 내 마음에 와닿았다. 어떤 날은 그저 조용히 입을 다물고 있고, 어떤 날은 억지로 웃는 날도 있었다. 누구나 잠 못 드는 밤을 홀로 껴안은 채 맞이하는 아침이 셀 수 없이 많은 것이 우리네 인생이다. 그럼에도 불구하고 이 고단한 인생을 끝까지 붙들고 놓지 않는 것은 아마도 사랑하는 이들을 향한 책임감, 혹은 가슴속에 남아 있는 희망 때문일지도 모른다.

지금 당신이 들고 있는 그것은 작지 않다. 매일 수많은 감정을 속에 묻어둔 채 하루를 살아내고, 고단함을 내색하지 않으며 자신의 자리를 지키는 당신의 모습은 경이롭다. 책임감은 눈에 보이는 물질이 아니다. 그 무게는 오직 당신만이 감당할 수 있는 것이며, 그러하기에 이 세상에 단 하나뿐인 지극히 특별한 의미를 지닌다. 그 누구도 대신 들어줄 수 없는 그 무게를 안고 살아내고 있다는 사실 하나만으로도, 당신은 이미 충분히 강하고 용감하다.

어떤 날은 그저 멍하니 창밖을 바라보며 한숨을 내쉬는 날도 있다. 어떨 때는 아무것도 할 수 없을 것 같은 무력감에 휩싸이기도 한다. 하지만 그럴 때마다 '이 또한 삶의 한 걸음이겠지'하고 다독인다. 빠르게 앞으로 나아가지 못하더라도, 잠시 멈춰 서서 숨을 고르고 자신을 돌아보는 것 또한 하나의 중요한 과정이라고 믿는다. 결국 삶은 오직 앞으로만 가는 방향만 있는 것이 아니다. 때로는 멈춰 서서 쉬어가는 느린 걸음이 더 멀리 더 의미 있는 길을 걷기 위한 과정임을 기억해야 한다. 당신에게 닥쳐온 수고로움은 존재 가치를 증명하며, 그 무게를 감당하는 모든 순간이 곧 삶의 위대한 여정이 된다.

나로 살아가는 연습

나를 벗어나
또 다른 나를 입고
끝끝내 보면
다시 나였다

삶의 여정 속에서 우리는 종종 거울 속 자신을 낯설게 바라본다. 스스로 마음에 들지 않아, 혹은 세상이 요구하는 '더 나은 나'라는 거창한 강박 때문에, 무의식적으로 타인의 얼굴을 빌려 살아보기도 한다. 마치 새로운 배역을 맡은 배우처럼, 잠시나마 그 얼굴 뒤에 숨어 다른 삶을 흉내 내는 것이다. 그 가면 속에서 우리는 때로 더 멋진 누군가가 된 듯한 착각에 빠져들기도 한다. 사람들과의 관계 속에서 나를 감추고, 익숙한 미소와 유능한 태도로 무대를 채워 나가는 그 순간들이 있다. 그러나 이 치장이 길어질수록, 우리는 어쩌면 귀중한 것을 잊어가고 있는지도 모른다.

영화 「부활」은 마치 오랜 여정을 떠나는 여행자의 가슴 주머니에 어머니가 몰래 넣어준, 시대를 초월한 지혜 한 줄 같았다. 인생이라는 해묵은 질문에, 뜻밖에도 한 편의 영화가 잊히지 않는 대답을 건넨 것이다. 바다를 떠난 물고기가 죽음을 맞이하듯, 우리가 이 순간 굳게 붙잡고 있는'가짜 얼굴'로는 결코 '진짜 삶'의 의미를 온전히 볼 수 없다는 것이었다. 오직 우리 내면의 진실한 존재로 돌아가야만 비로소 삶의 본질과 마주할 수 있다는 섬뜩하면서도 숭고한 암시였다.

영화는 예수의 죽음과 그 이후의 부활을 추적하는 로마군 호민관 클라비우스의 시선을 통해, 존재의 깊이를 탐색한다. 클라비우스는 사라진 시신을 쫓아 물리적 증거를 찾지만, 결국 그 여정은 자신을 둘러싼 믿음과 현실의 간극 속에서 길을 잃은 영혼의 탐색으로 변모한다. 영화는 십자가라는 거대한 사건을 통해 삶과 죽음, 그리고 믿음이라는 묵직한 주제를 던지지만, 그 안에는 궁극적으로 "어떤 모습으로 살아야 하는가?"라는 근원적인 삶의 이야기가 담겨 있다. 예수의 음성을 듣고 삶의 방향을 전환한 제자들은 사회적 지위나 과거의 모든 것을 버리고 새로운 길을 선택했다. 그들의 길은 어쩌면 '자신이 아니었던 얼굴'을 벗어던지고 '자기 자신'을 찾아 부활하는 여정이었을 것이다. 그들은 물리적인 죽음을 넘어서는 '부활'이라는 바다 너머의 세상을, 어쩌면 진정한 자신으로 살아갈 때 비로소 도달할 수 있는 '영혼의 해방'을 확신했으리라. 이처럼 '나 아닌 삶'으로 치장하는 시간이 길어질수록, 우리는 진정한 중심을 잃기 쉽다. 그러나 그것은 어떤 얼굴로 인생의 무대에 서야 하는지를 조용히 되묻는 것이다.

프랑스 파리의 한 정신의학 병동에서 '가면 우울증'으로 진단받은 청년들이 예술치료 프로그램에 참여하고 있다는 이야기는, 우리 시대의 슬픈 자화상을 보여준다. 그들은 사회에서 언제나 밝고 유능하며, '괜찮은 사람'이라는 가면을 쓰고 살아왔다. 가면 뒤에서 애써 환한 미소를 짓고, 완벽한 모습을 유지하려 발버둥 쳤지만, 그들의 내면에서는 깊은 무기력과 절망이 그림자처럼 조용히 번지고 있었다. 치료의 일환으로 스스로 만든 가면을 힘껏 내리치며 "이 가면이 아니라 그 안에 있던 사람으로 살아야겠어요"라고 토해내듯 말하던 그들의 목소리는, 단순한 선언을 넘어 영혼의 절규와도 같았다. 그 애절한 다짐은 내 마음속에 오래도록 붙잡혀, 끊임없이 '나'를 향한 질문을 던진다. 우리 모두 한 번쯤은 타인의 모습으로 살아가려 했던 적이 있다. 혼자라는 사실을, 혹은 약점이나 결핍을 감추기 위해 얼마나 많은 노력을 했던가. 그러나 그 인내와 오래 견뎌야 했던 것은, 결국 가면 속의 자신이었다.

자신을 온전히 사랑하지 못했던 순간들도 분명 존재했다. 나는 완성된 존재가 아니었고, 때로는 어설픈 구석이 많다고 생각했다. 그래서 말투는 조심스러웠고, 사람들 틈에서는 늘 '괜찮은 사람'의 가면을 걸치그 살아갔다. 하지만 역설적으로, 나답게 행동하고 말할 때 우리는 평온함과 편안함을 느끼게 된다. 때로는 꾸밈없이 솔직한 모습 속에서 오히려 진정성을 느끼고 위로받는다는 사람들도 있었다. 세상이 정답이라고 외치는 모습이 아닌, 어설프고 부족한 모습이야말로 유일무이한 해답이었음을 뒤늦게 깨닫게 되었다.

하루를 지탱했던 모든 가면이 벗겨진 자리에 남는 것은, 결국 본래의 모습뿐이다. 우리는 자신을 떠나 다른 얼굴을 쓰고 살았던 모든 시간이, 사실은 '나를 잃는 시간'이었다는 서글픈 진실을 깨닫게 된다. 왜 그렇게 자신을 떠나 다른 얼굴을 쓰고 살아야 했을까? 더 나은 사람이 되기 위해서였을까? 아니면 누군가에게 더 많이 사랑받고, 더 괜찮은 사람으로 보이고 싶어서였을까? 어쩌면 우리의 깊은 곳에는 '있는 그대로의 나'로는 결코 사랑받을 수 없을 것이라는 뿌리 깊은 두려움이 도사리고 있었을지도 모른다. 그래서 우리는 더 활달한 타인의 성격을 모방하고, 자신감 넘치는 친구의 태도를 흉내 내기 바빴다. 그러나 그 연기의 끝에는 늘 채워지지 않는 공허함만이 가득했다. 아무리 훌륭하게 배역을 소화했어도, 끝내 무대의 커튼콜 뒤로 돌아가야 하는 배우처럼, 언젠가는 우리의 본래 자리로 돌아오게 되어 있는 것이다.

진짜 나로 살아간다는 것은, 결코 완벽하고 흠 없는 사람이 되겠다는 거창한 선언이 아니다. 그보다는, 매일 조금씩 더 솔직하고 정직해지겠다는 소박하지만 단단한 다짐에 가깝다. 자신의 아픔을 인정하고, 어설프고 부족한 결핍들을 부끄러워하지 않는 것. 그것이 바로 '나'로 살아가는 용기 있는 첫걸음이 된다. 왜냐하면, 세상의 무대가 모두 끝나고 고요가 찾아온 후, 온전히 혼자 남은 우리를 조용히 끌어안아 주고 위로해 줄 사람은 결국 '나 자신'뿐이기 때문이다. 세상이 어떤 모습으로 우리를 바라보든, 나의 삶을 오롯이 지켜낼 힘은 결국 내면에서 솟아나는 진정성에 있을 것이다. 그것만이 우리를 무너짐 없이 이끌어갈 진정한 부활의 여정이다.

04 타인의 시선을 벗어나기까지

나무는 바람을 이해하지 못한다

하지만 흔들리며 자란다

그 흔들림 끝에서야

자신의 뿌리를 발견한다

우리는 어린 시절부터 타인의 기대라는 시선 속에서 흔들리며 살아왔다. 누군가에게 잘 보이기 위해, 혹은 상처 주지 않기 위해 말없이 고개를 끄덕였던 수많은 순간이 어쩌면 침묵의 훈련이었을 것이라는 생각이 든다. 유년 시절, 학교에서 '조용하고 착한 아이'로 불리던 내가 그랬다. 마음은 질문들로 가득 차 있었지만, 선생님의 눈빛과 친구들 앞에서는 나도 모르게 말하기 힘들었다. 학년이 올라갈수록 내가 어떤 사람이 되고 싶은지보다는, 남들에게 어떻게 보일지를 고민하는 것이 자연스럽게 중요해졌다. '나'를 찾는 일은 저 멀리 뒷전으로 밀려났고, 타인의 시선을 피하지 않으려는 노력이 당연한 삶의 방식처럼 여겨졌다. 내 안의 목소리가 있어도, 세상의 시선이 드리운 커튼 뒤로 숨어버리기 일쑤였다.

위대한 작가 버지니아 울프도 마찬가지였다. 그녀는 타인의 시선이라는 거울 속에서는 온전한 자신을 발견할 수 없었다고 고백한다. 자신을 옥죄는 사회적 편견과 남성 중심적인 시선에서 벗어나기 위해 그녀는 더욱 깊이 자신을 탐구한다. 그리고 그 탐구의 결과로 '고백의 글쓰기'를 시작했다. 세상이 요구하는 틀 속에서 자신의 존재를 정의받는 생은 더 이상 견딜 수 없는 고통이었다. 그래서 울프는 오직 자신만의 글쓰기 공간에서 내면의 진실을 써 내려갔다. 그 순간이야말로 외부의 시선에 굴복하지 않고 오롯이 '자신'으로 살아갈 수 있는 유일한 통로였다. 그녀의 글들은 타인의 프레임을 부수고 자신만의 독창적인 자아를 구축하려는 용기 있는 시도였다.

물론, 타인의 시선에서 완전히 자유로워지기는 쉬운 일이 아니다. 특히 복잡한 관계 속에서 서로의 견해가 다름에서 시작되는 갈등은 우리를 더욱 움츠러들게 만든다. 사회생활 속에서, 가정에서, 혹은 친구 관계에서 겪는 이러한 상황들은 우리를 끝없이 시험대에 올린다. 때로는 타인의 시선을 외면하는 것이 또 하나의 부담이나 관계의 단절로 이어질까 봐 우리는 주저한다. 나 아닌 다른 사람의 기분과 판단에 좌우되는 나약한 마음이 고개를 들 때마다, 또다시 흔들리는 나무처럼 위태로워진다.

하지만 문득, 이런 생각에 도달한다. 세상은 생각보다 나에게 큰 관심이 없다는 것이다. 그들은 내가 누군지, 내 속에서 어떤 갈등이 일어나는지 온전히 알지 못한다. 출근길 지하철에서 만나는 수많은 사람처럼, 그들은 각자의 삶에 바쁠 뿐이다. 타인이 나를 평가하고 있다고 느껴지는 순간 삶은 피곤할 뿐이다. 사실 내 의식이 나를 관찰하고 있을 때가 더 많다. 우리는 매일 거울에 비친 옷매무새를 살피고, SNS에 올릴 파일에 몰두하며, 끊임없이 '좋은 모습'을 관찰당하고 있다고 믿는다. 그 믿음이 때로는 사실일지라도, 그 시선에서 벗어나 자유롭게 숨 쉬는 순간은 언제나 자신 안에 있다.

두려움에서 한 발짝 내디디면, 그것은 점차 해방감으로 변모한다. 다른 사람들이 나를 어떻게 평가할지에 대한 맹목적인 무게를 내려놓는 순간부터, 비로소 우리의 삶은 진정으로 '자신의 것'이 되어간다. 잊고 있던 글쓰기의 즐거움을 되찾았던 것도 그런 순간이었다.

등단 이후, 나는 남들의 기대에 맞춰 '작가다운 글'을 쓰려 애썼던 적이 있었다. 하지만 어느 날, 쓰고 싶은 이야기를 조금씩 쓰기 시작했을 때, 글은 살아 숨 쉬고 독자들과 가까이 소통하게 되었다. 어쩌면 주변의 시선에 갇혀 있을 때보다 훨씬 더 자유롭고 솔직해질 수 있었다.

나는 이 경험을 통해, 스스로 기준을 세우고 그것을 지키며 살아가는 일이 얼마나 중요한지를 깨닫게 되었다. 그 기준은 외부의 칭찬이나 비판에 흔들리지 않는 것이다. 외부의 시선에 의존하는 것이 아니라, 내면의 소리에 귀 기울여 내가 어떤 모습을 하든 간에 원하는 방식으로 살아가겠다는 굳은 결심에서 비롯된다. 이제 더 이상 타인의 기준에 나를 억지로 맞추려 하지 않는다. 대신, 자신에게 어떻게 보일지를 더 중요하게 생각하기 시작했다. 자신에게 부끄럽지 않은지, 양심에 어긋나지 않는지를 먼저 묻는 것이다. 나는 누구인지를 정의하기보다, 어떻게 살아가고 싶은지를 끊임없이 질문하며 방향을 찾아가야 한다고 생각한다.

우리는 하늘의 별을 보며 같은 질문을 던진다. "나는 누구인가?" 우리는 자신에게 어떤 사람이 되어야 할까? 과연 내가 원하는 인생을 살 수 있을까? 그런데 흥미로운 것은 이 질문에 대한 정답은 아마 영원히 찾을 수 없다는 사실이다. 그 질문은 매일 조금씩 변하고, 그 바뀐 것에 맞춰 우리 또한 조금씩 성장해 간다. 그리고 더 조용히, 가슴 깊은 곳에서 또 다른 의문이 솟아난다. "남들이 원하는 사람이 되어야만 사랑받을 수 있는가?" 이것은 인류의 역사만큼이나 오래된 질문이다. 우리는 너무나 많은 사람에게서 사랑받기 위해 그들의 기대에 맞추려 애쓰지만, 아이러니하게도 그럴수록 자신감을 잃어가고 그 목소리는 희미해져 간다.

자신을 진정으로 찾기 위한 대답은 오랜 시간과 고독한 성찰을 요구한다. 그렇지만 확실한 한 가지는, '나'를 찾기 위한 이 길고 긴 여정은 바로 타인의 시선을 벗어나는 순간부터 시작된다는 것이다. 그 시선을 벗어나는 일은 때로는 세상에 홀로 남겨진 것으로 느껴진다. 마치 어둠을 헤매는 것처럼 길을 잃을 때도 있다. 그러나 이것이 자신을 발견하는 여정의 시작임을 알아야 한다. 자신을 찾는 일은 결코 쉬운 일이 아니다. 아쉽게도 끊임없이 외부에서 요구되는 모습에 부응하기 위해 애쓸 때마다 우리는 내 목소리를 잃어간다. 하지만 자신이 떳떳하고 보편적 양심에 부끄럽지 않다면, 그 어떤 타인의 부당한 시선도 우리를 흔들 수 없다. 진정한 자아를 발견한 사람은 타인과의 협력과 조화 속에서도 자신의 정체성을 확고히 할 수 있으며, 그 과정에서 진정한 자신감을 찾아 능동적인 주체가 되어 살아갈 수 있다는 것을 믿는다.

나를 믿는다는 고요한 믿음

겨울나무처럼

모든 잎을 떨구고서야

비로소 뿌리를 본다

바람은 시험이 아니라

깊이를 묻는 질문이었다

우리는 흔히 삶이 고요할 때 비로소 진정한 믿음을 배운다고 말한다. 그러나 정말 그러한가? 나를 믿는다는 것은 어쩌면 세상의 모든 소리가 사라졌을 때 들려오는, 내 영혼의 진동을 끝까지 들어주는 일이다.

어느 순간부터, 나는 외부의 소리가 점점 멀어지는 경험을 했다. 사람들의 응원이나 격려조차 더 이상 온전한 힘이 되어주지 못하는 때였다. 혼자라는 감각이 짙어질수록, 그 고요한 시간 속에서 문득 헬렌 켈러의 말이 떠올랐다. "낙관은 성취를 이끄는 믿음이다. 희망과 자신감 없이는 아무것도 이룰 수 없다." 시선도, 소리도 닿지 않는 세상에서 그녀가 끝내 길을 찾을 수 있었던 이유는 오직 자기 안의 빛을 믿었기 때문이다. 외부의 박수와 기대가 사라져도 꺼지지 않는 믿음, 그것은 오직 자기 자신으로부터 비롯된다. 진정한 길은 밖에 있는 것이 아니라, 나 자신을 믿는 그 자리에서부터 시작되기 때문이다.

몇 년 전, 가까운 가족이 갑작스럽게 수술대 위에 누웠던 날이 있었다. 예상치 못한 일이었기에 준비할 시간도, 마음을 추스를 여유도 없었다. 여러 병원에 오가며 간신히 수술 날짜를 잡을 수 있었다. 할 수 있는 일이란 신에게 간절하게 기도하는 것뿐이었다. 제대로 신앙심을 갖고 있지도 못했지만, 하늘에게 간절히 바라며 온전히 맡기고 있었다. 이후 수술을 하게 되었고 수술 중에 믿을 수 없는 일이 일어났다. 마치 오래전부터 기다리고 있었다는 듯, 예수님이 환상 같기도 하고 앞에 설명할 수 없는 상상의 모습으로 나타났다. 고동색과 금발이 어우러진 가느다랗고 약간 곱슬한 머리카락, 하얀 피부에 깊이 있는 눈빛과 기품 있는 모습에 나도 모르게 "이분은 정말 왕이시로구나"라는 말이 흘러나왔다. 설명할 수 없는 평온이 밀려들었고, 누구에게도 보여줄 수 없고 말로 전할 수도 없는 응답을 받는 순간이었다. 그것은 어쩌면 기적을 통해 내면을 믿게 하는 힘이 되는 것이기도 했다.

그 순간, 믿음이 누구도 대신 들어줄 수 없는 마음을 스스로 지켜나가는 일이라는 것을 깨달았다. 그 순간 온 세상이 흔들리는 것 같았다. 하지만 멈추지 않고 걸어가는 그 확신 속에서 마음은 점점 견고해졌다. 의사로부터 "수술은 아주 잘 됐습니다. 곧 회복될 겁니다."라는 말을 듣고 나서야 깊게 숨을 들이쉴 수 있었다. 변화는 모든 두려움과 무력함을 지나온 끝에, 흔들리지 않는 마음이 기어이 살아남았다는 사실이었다.

미국의 한 심리학자는 중대한 위기 상황에서 심리적 회복력이 높은 사람들의 공통점을 연구했다. 흥미롭게도 그들에게는 특출난 정보력도, 특별한 환경도 없었다. 그들을 무너지지 않게 지탱한 것은 외부적인 요인이 아닌, 자기 자신을 믿는 조용한 확신과 믿음이었다.

우리는 인생의 어느 시점에서 저마다의 '삶의 수술대' 위에 누울 때가 있다. 갑작스러운 건강 악화, 재정적 고통, 가까운 사람의 배신 혹은 말할 수 없는 내면의 붕괴 앞에서 우리는 '지금 나를 믿을 수 있는가?'라는 질문에 직면한다. 쉽사리 자신 있게 나를 믿기는 어렵지만, 그럼에도 불구하고 그래야만 하는 이유가 분명히 있다. 인간은 '내일이 있을 것'이라는 막연한 예측보다, '내가 해낼 수 있다'는 내적인 감각에서 더 힘을 얻기 때문이다. 미래를 향한 긍정은 단순한 낙관이 아니라, 자신에 대한 믿음에서 비로소 피어난다.

동양의 성인 공자는 "자기를 이기고 예로 돌아가는 것을 인이라 한다"라고 가르쳤다. 진정한 '인(仁)'은 결국 스스로의 내적 질서를 세우는 일에서 비롯된다. 그것은 자신을 믿을 수 있는 기반을 만든다는 것이다. 믿음은 결코 목소리를 높이며 크게 주장하지 않는다. 그 안에는 아주 오래된 나의 목소리가 있다. 세상이 태어나기 전부터 들려온 고유한 떨림이 아직도 살아 있다. 상황을 인내하고 극복하는 힘은 자신에게서 비롯된다. 이는 단순히 외적인 규범을 따르는 것을 넘어선다. 또한 우리의 질서와 가치를 굳건히 세우는 일에서 '인'이 비롯된다. 그것은 보편적 이성과 규범을 기준으로 하며 참된 정의와 사랑을 기반으로 할 것이다. 이렇게 다져진 질서는 자신을 신뢰할 수 있는 견고한 기반이 된다.

　세상은 더 많은 정보와 빠른 반응을 요구하지만, 인생에서 중대한 선택은 늘 이처럼 조용한 자리에서 이루어진다. 선택의 순간이 왔을 때, 그 내적 울림을 듣고 따르는 사람만이 자신의 일생을 흔들림 없이 건너갈 수 있다. 나는 이 경험을 통해 조용한 정신이야말로 강한 힘이라는 것을 알게 되었다. 중요한 결정은 믿음에서 이루어지며, 그 안에서 들리는 작은 떨림이 바로 나의 목소리이다. 이것은 세상의 시끄러운 요구와는 확연히 다른 속삭임과도 같다. 우리는 진정한 자신의 길을 발견하고, 외부의 기대가 아닌 나만의 속도로 살아갈 용기를 얻어야 한다. 단순히 머리로 이해하는 논리적 판단을 넘어, 온몸과 마음이 반응하는 직관의 영역에 가깝다는 것을 이해해야 한다. 오랫동안 그 다양한 경험을 통해 깨달음을 얻으며 쌓아 올린 지혜의 정수를 우물 안에서 꺼내야 한다.

　하늘은 우리에게 이미 헤엄칠 힘을 주었다. 우리에게 지혜를 주시고 어려움을 극복할 수 있는 능력을 주셨다. 그리고 삶은 계속해서 거대한 파도를 몰고 올 것이다. 매 순간 우리를 삼키려 하고, 때로는 숨조차 쉴 수 없는 물속에 우리를 던져 넣기도 한다. 하지만 그 안에서도 으리는 물속을 지나가는 법을 배워야 한다. 하늘은 이미 오래전부터 우리를 믿어주고 있었다. 이것을 깨닫는 순간, 비로소 새로운 시작이 된다. 내 안에서 자라난 믿음을 품고 더는 흔들리지 않는다면,

미래에 대한 긍정적인 예측 역시 자신에 대한 믿음에서 비롯된다. 그 길 위에서 우리는 확고하게 용기를 갖고 일어설 수 있을 것이다. 또한 자신에 대한 신뢰는 설령 흔들리는 상황 앞에서도, 그것을 이겨낼 수 있는 능력을 갖추게 할 것으로 생각한다.

감정에 끌려가지 않고 중심 잡는 연습

아무도 모르게 무너질 때가 있다

그럴 땐 억지로 버티지 말고

잠시 가만히 앉아 있어도 좋다

감정이란 건 바람처럼 불었다가

어디론가 사라지는 법이니까

가끔은 정말 아무것도 아닌 사소한 일에 가슴이 내려앉는 경우가 있다. 세상의 모든 무게가 내 어깨를 짓누르는 듯한 막막함이 밀려올 때, 더 이상 괜찮은 척하지 않아도 된다는 나지막한 속삭임이 들려온다. 그런 날엔 억지로라도 애써 버티려 하지 않는다. 그저 아무 말 없이 덩그러니 앉아 있는 것만으로도 오늘의 고비를 넘겼다고 자신을 다독인다. 그 짧은 멈춤의 순간, 마음속 깊이 가라앉아 있던 감정의 물결이 비로소 잔잔해지는 것을 느껴본다.

코로나 팬데믹이 한창이던 시절, 텔레비전 자막에 '비대면'이라는 단어가 처음 등장했을 때를 기억한다. 그 낯선 글자가 주는 생경함에 '사람을 만나지 않고 어떻게 살아갈 수 있을까'하는 막연한 두려움이 앞섰다. 그러나 세상은 잔인할 만큼 빠르게 변했고, 비대면은 곧 우리의 일상이 되었다. 엘리베이터 안에서는 말 대신 고개를 숙여 인사를 대신했고, 익숙한 이웃과의 눈 맞춤조차 조심해야 하는 예의가 되어버렸다. 몸이 멀어지면 마음도 멀어진다는 옛말처럼, 물리적인 거리만큼이나 우리의 심리적 간격 또한 아득해져 갔다. 인간적인 온기가 사라진 자리에는 차가운 유리벽이 들어선 듯했다.

나는 그때 그 시절의 풍경이 지금도 가끔 떠오르곤 한다. 사람들과의 물리적 거리보다 더욱 두렵고 무서웠던 것은, 서로에게 아무것도 말하지 않아도 되는, 혹은 말해서는 안 되는 관계가 되어버린 현실이었다. '불편함이 없으니 다행이다'라며 위로했지만, 마음 한구석에는 늘 허전함이 그림자처럼 따라붙었다. 사회나 학교에서도 모두 마음의 소통을 멀리한 채로 비대면 만남이 이루어졌을 뿐이었다. 그렇게 내 진심과 감정들은 숨어버리고, 입 밖으로 표현되지 않은 채 깊은 곳으로 침잠해 버렸다. 어느 순간에는 내 감정조차 스스로 헤아릴 수 없는 지경에 이르렀다. 감정이란 무섭도록 생명력이 강한 동시에 연약한 존재이기도 해서, 너무 오래 감춰두면 어디론가 홀연히 흘러가버린다는 것을 그때 깨달았다. 마른 샘처럼 메말라버린 감정의 자리에는 공허함만이 남았다.

얼마 전 블로그에서 읽었던 글 한 구절이 이따금 내 마음을 흔든다. 팔십이 넘은 나이에도 불구하고 대학에 가겠다며 수능을 준비한 어느 할머니의 이야기였다. "몸이 늙었다고 마음까지 늙으면 안 된다"라는 그녀의 나지막한 말이 유난히 오랫동안 마음에 남았다. 그녀에게 특별한 비법이 있었던 것은 아니었다. 그저 하루에 단 한 줄이라도 읽고, 지친 마음이 무너질 것 같을 때면 잠시 멈춰 서서 쉴 틈을 주었다가 다시금 시작했다고 한다. 그렇게 하루하루 작은 목표를 향해 나아가는 과정에서, 무언가를 간절히 꿈꾼다는 것 자체가 혼란스러운 마음을 붙잡고 흔들리지 않게 하는 중심이 되어주었다. 희망이라는 이름의 닻을 내리는 순간, 비로소 잔잔한 파도 위를 유유히 항해할 수 있게 되는 것처럼 말이다.

또 다른 책 속에서 만났던 한 여성의 이야기는 우리의 내면에 얼마나 큰 무게가 숨겨져 있는지 일깨워주었다. 그녀는 이혼이라는 아픈 결정을 내리기까지 길고 긴 시간을 인고의 시간을 가졌다. 겉으로는 티 한 점 없이 아무렇지 않은 듯 보였지만, 수많은 생각과 고민의 밤을 새우며, 심해의 파도처럼 요동치는 감정들과 치열하게 싸워왔을 것이다. 결국 그녀는 자신만의 방식으로 지난한 과정을 이겨내고 새로운 삶의 한 페이지를 시작했다. 이처럼 우리가 감당하는 정신적 무게는 겉모습만으로는 결코 짐작할 수 없는, 너무나도 개인적이고 숭고한 영역이다. 각자의 삶 속에서 짊어진 무게가 다른 만큼, 서로의 짐을 섣불리 판단하지 않고 조용히 헤아려주는 배려가 필요하다.

사실 나는 대학교에서 시를 쓰다가 어느 순간 중단하게 되었다. 물론 교직에 들어와서 교육청과 기관에서 요구하는 교육 관련 자료집을 많이 발행했지만, 실제로는 한참 후에나 순수 문학인으로의 길을 걷고자 등단을 한 후, 글과 시를 본격적으로 쓰기 시작했다. 글을 다시 쓰기 전에는 공허한 무엇인가에 홀려 글을 쓰고 싶을 때가 많았다. 때로는 그 흔들리는 마음을 부여잡고 한 줄씩 시를 써 내려갔다. 시간이 지나 문득 돌아보니, 그렇게 써 내려간 문장들은 어엿한 시의 형태를 띠고 있었다. 혼자라고 느껴지는 외로운 순간마다 시상(詩想)은 내 몸속에서 꿈틀대고 있었다. 글이란 꼭 대단하고 거창한 감정만을 담아야 하는 건 아니라는 것을 비로소 깨달았다. 그저 '내가 지금 여기에 존재하고 있다'라는 사실을, 이 거친 숨결을 통해서라도 표현하고 싶다는 절실한 마음이었다. 그것이 나에게는 글쓰기의 중요한 이유이자 위안이었다.

심리치료에서 흔히 강조하는 말이 있다. "감정을 억누르지 말고, 그저 온전히 바라보라"는 것이다. 이는 지극히 쉬워 보이지만, 막상 내 안의 혼란스러운 감정을 마주하는 일은 참으로 버거운 수행이다. 우울감이 그림자처럼 몰려오는 날이면, 대체 그 감정의 근원이 무엇인지조차 헤아릴 수 없을 때가 많다. 그러나 이제는 그 감정을 억지로 몰아내려 애쓰지 않는다. 대신 조용히 거울 앞에 서서 "아, 오늘은 내 마음이 좀 무겁구나" 하고 솔직하게 자신에게 말해주는 연습을 해보자. 마치 강물이 흐르듯 감정 또한 잠시 머물렀다가 흘러가는 자연의 섭리처럼, 감정을 있는 그대로 인정해 주는 것이다.

나도 생각해 보니 인생을 그저 평탄하게만 살아온 것만도 아니었다. 살면서 어떤 일에 순간 육체적으로 심리적으로 무너지기도 했고, 거친 폭풍우 속에서 길을 잃은 적도 있었다. 하지만 그 속에서, 역설적으로 조금씩 마음의 중심을 잡는 법을 배우고 있었다. 이 경험들은 나를 더욱 견고하게 만들어 주었다. 빠르게 회복해야 한다는 조급함을 내려놓고, 나만의 고유한 리듬과 속도로 걸어가야 한다는 것을 깨닫는다. 감정에 휩쓸리지 않고, 나를 찾아가는 연습 과정이 필요하다. 그렇게 자신의 중심을 찾아, 어떠한 시련 속에서도 굳건히 서는 법을 배우며 삶이라는 파도를 유유히 항해할 수 있을 것이다.

중심이 되지 못한 교탁처럼

가끔은 중심이 아니어도 괜찮다
가장자리에 선 바람이
오히려 더 멀리 가는 법이니까

지워질 줄 알았던 발자국 위로 다른 사람의 발걸음이 포개어졌다. 그런 순간을 어떻게든 받아들여야 했다. 내게 주어진 자리가 세상의 중심이 아니더라도, 그 자리가 중요하다는 사실을 이해하게 되었다.

주인공이 되어야 한다는 압박은 과연 진정한 삶의 목적이었을까? 누구나 인정받고 싶어 하고, 그 인정을 통해 존재의 가치를 확인하려 한다. 하지만 중요한 것은 '내 자리를 지키는 일'이라는 것을 알게 되었다. 때때로 무대에서 내려와 있는 것처럼 느껴졌고, 주인공이 아니라도 그 자리를 지키며 살아가는 일이야말로 진정 중요한 것이었다. 교실에서는 주어진 자리가 중요하다는 사실을 학생들에게도 전할 수 있었다.

누가 교실의 중심이라기보다는 모두가 역할을 분담할 수 있다. 학교 교실에서도 학생들에게 에너지 도우미, 청결 도우미, 봉사 도우미 등을 정해 그 역할에 자긍심을 심어주고 실행할 수 있도록 격려하고 도움을 준다. 이러한 교육은 사회에 나아가서도 자신의 역할에 대해 자긍심을 느끼며 살아갈 수 있는 것이다.

마더 테레사는 작은 일을 위대한 사랑으로 할 수 있다고 했다. 어느 날 위로의 한 마디가 다른 사람의 일생을 바꾸는 시작이 될 수 있다면 그 자리 역시 충분히 위대한 것이다. 이런 이유로 학생들의 눈빛 속에서 나의 작은 사랑과 교육이 얼마나 먼 데까지 닿을 수 있는지를 알게 되었다. 중심이 아니어도, 그 자리를 지키며 건넨 말과 손길이 결국 제자의 일생에 빛이 되었다면 좋겠다고 생각한다.

지금까지 나는 교사로 시인으로서 지속해 노력해 왔다. 그 이외의 활동으로 비영리법인 교육단체 대표, 우수한 문학상과 장관상 등의 수상, 다수의 시집과 교육 서적 출간, 학력 평가와 검정고시 그리고 공무원 시험 등에서 출제위원으로의 참여, 교육부 현장 자문위원과 대전교육연수원 책 쓰기 작가 강사로의 초청 등 교육과 문학에 엄청난 노력과 공을 기울여왔다. 이러한 활동은 교육과 사회를 사랑해 왔던 진정한 가치이며, 노력 속에서 나타난 결과들이었다.

그러나 시간이 흐른 뒤 남은 것은 단 한 줄의 이름으로도 나를 설명할 수 없다는 사실이었다. 시간이 지나면 내 이름조차 사라질 수 있기에 학생들의 순수한 눈빛 속에서 그 대답을 찾고자 했었다. 어쩌면 그들의 웃음과 행동에서 교육이라는 가치를 이해하게 되었고, 나는 중심이 아니어도 충분하다는 위안을 얻었다고 생각했다. 작고 소박한 이름이라기보다는 교육은 늘 가치가 있는 삶 그 자체였다.

가족 안에서도 한걸음 뒤에 있었다. 나는 누군가의 꿈을 위해 대신 깨어 있었고, 때로는 가족에게 닥쳐온 아픔을 껴안아야 했다. 중심이 무너지지 않도록 받쳐오며 가족의 조력자로 노력했다. 남편과 아빠로서의 권위를 추구하기보다는 나를 통해 모두가 평온한 생활을 하면 그 자체로 만족이었다. 오랫동안 사랑을 실천하는 그 자리가 소중한 무대인 것을 알고 있었기 때문이다.

그럴 때면, 역사학자 하워드 진의 말이 생각이 났다. "진정한 영웅은 역사책에 이름이 남지 않은 사람들이다." 역사는 이름 없이 존재한 사람들의 어깨 위에 세워졌다는 말이다. 이 학자의 말처럼 일상의 생활 속에서 행복을 지켜줄 안식처를 나는 천천히 짓고 있었다.

교육은 단지 '학문'을 가르치는 일이 아니었다. 중요한 것은 그들이 자신을 발견하고, 자신의 길을 찾는 여정에 동행하는 일이었다. 그들의 삶에 긍정적인 작은 흔적이라도 남길 수 있다면 그것만으로도 충분하다. 사회에서는 자기 자신을 내세우려 하고, 사교 관계나 권위를 내세워 작은 차별을 일삼거나 이익을 위해 남에게 모진 말을 하거나 피해를 주는 사람들도 있었다. 이런 경우는 인생이 지나가는 길목에서 보면 후회할 일이다. 품격의 중심은 누가 만들어주는 것이 아니라, 스스로 만들어 가는 것임을 진정으로 명심해야 할 것이다.

얼마 전에 어느 수상 교사의 말에 따르면 가르친 학생들이 꿈을 찾아가고 길을 걸어가는 모습을 보는 것이 진정한 보람이라고 했다. 그 교사는 주인공이 되어야 한다는 생각보다 어디에서나 존재할 수 있는 중요성을 강조했다. 주인공이 아니더라도, 내 자리를 지키는 것이 중요하다는 말에 나는 감명을 받았다. 때로는 그 자리에서 자신이 다른 사람의 그림자처럼 느껴질 때도 있다. 그러나 손길 하나 말 한마디가 타인의 일생에 영향을 미쳤다면 그것으로 충분하다. 교탁의 중심에서 자신을 찾지 못한 것은, 그 자리를 지키기 위해 얼마나 애썼는지에 대한 증거일지도 모른다.

내게도 교육은 늘 예측할 수 없었고 학생들과의 만남은 매번 달랐다. 교사로서 할 수 있었던 일은 학생들이 그들 자신을 발견하게 돕는 일이었다. 때로는 교육은 그들이 더 자유로우며 더 발전 있는 미래를 향해 가기를 도와주는 것이었다. 난 그 안에 영원한 조력자로 존재하기를 바랐다. 중심이 되는 것보다 더 중요한 것은, 사람들에게 사랑을 실천하며 베풀고 나누어주는 것을 깨닫게 되었다.

Chapter 2

잊히는 용기, 살아남는 문장
기억, 존재, 기록, 그리고 용기

01 가족이라는 이름의 상처와 회복

가까운 자리에 있을수록

우리는 더 멀어진다

사랑하는 이름 앞에서

우리는 왜 상처받는가

그러나, 다시 손을 내밀어야 하는 것도

결국은 그 이름, 가족이다

세상에서 태어나 처음 만났고, 살아오면서 지금도 가까이에 있는 가족의 의미에 대해서 말하고자 한다. 가족이라는 이름은 마땅히 친근하게 존재해야 하지만, 때로는 작은 오해가 되어 서로에게서 멀어지는 경우도 있다.

어느 겨울 아침, 창밖에 눈이 수북이 쌓인 날이었다. 병원 앞에 한 남성이 노모를 업은 채 서 있었다. 어머니의 심장 박동이 미약해져 급히 달려왔지만, 병원 문턱에서 그는 한없이 망설였다. 진료비를 감당할 길이 막막했기 때문이다. 그는 지나가는 사람들에게 조용히 도움을 청했고, 차가운 거리 위에서 몇 번이고 고개를 숙였다. 그 모습을 본 사람의 눈에 그 장면이 각인되었다고 한다. 사람들은 그를 두고 '안타깝다'라고 말했지만, 더 중요한 사실은 따로 있었다. 그는 어린 시절 집을 떠나 삼십 년 가까이 가족과 연락을 끊고 지낸 외아들이었다. 아버지의 폭력, 어머니에 대한 오해와 원망, 그 모든 긴 단절의 세월이 있었다. 그런데도 그날 그는 어머니를 업고 병원 앞에 섰다. 그에게 남은 마지막 이유는 단 하나, 바로 가족이라는 이름이었다.

이처럼 가족이라는 관계는 때로 긴 시간의 침묵보다 더 무거운 용서를 요구한다. 그리고 그 용서는 오랜 기다림 끝에 상처가 채 사라지지 않은 채로 시작된다. 가족은 서로를 너무나 잘 안다고 착각한다. 부모는 자식을 위해 모든 것을 희생했다고 생각하고, 자식은 부모에게 이해받지 못했다고 믿는다. 그렇게 각자의 옳음이라는 갇힌 생각 속에서 닫혀 있는 것이다.

지금 이 시대의 가정은 예전과 같지 않다. 서로를 바라보는 눈빛은 점점 무뎌지고, 대화는 메마른 인사말로 줄어든다. 최근의 일부 가족은 서로 필요적으로 함께 밥을 먹지 않는다. 같은 공간에 있어도 각자의 핸드폰 화면만을 들여다본다. 그리고 온기가 사라진 자리에 남는 것은 가끔 상처가 되어 돌아온다.

소크라테스는 인간이 사회로 나아가기 전에, 가정에서 더 많은 것들을 배워야 한다고 했다. 그리고 가족 간의 화합은 인생에서 매우 중요한 가치라고 보았다. 국가와 교육이 중대한 만큼, 가정의 유지 또한 그에 못지않게 중요하다고 여겼다. 그는 결혼을 필요한 사람만이 하는 것이라고 말하며, 이는 가정이 단순한 감정적 결합을 넘어 개인의 일생과 사회를 지탱하는 실용적이고도 필수적인 토대임을 암시한다.

대구의 한 동물병원에서 있었던 기적 같은 이야기가 언론에 보도되었다. 마침내, 병원생활 50여 일을 마치고 퇴원하는 그날, 모든 병원 직원은 뜻을 모아 작은 잔치를 열어 얼룩이의 새 출발을 축하하였다. 이 마음 뭉클한 모습은 많은 이에게 진한 감동과 온기를 선사하였다.

얼룩이는 지난 4월, 경북 지역을 덮쳤던 거대한 산불 현장에서 처참한 화상을 입은 채 발견된 안타까운 생명이었다. 죽음의 문턱을 헤매던 작은 영혼은 약 두 달간 이어지는 의료진의 지극한 헌신과 섬세한 보살핌 덕분에 마치 기적처럼 희망을 되찾았다. 사람과 동물 사이에도 이렇듯 진실한 애정이 흐를 수 있다. 그 마음이 곧 '가족'이라는 이름으로 자리할 수 있다는 진실을 말없이 보여주었다. 우리는 그저 피로만 이어진 관계에 갇혀 있는 존재가 아니다. 상처 입은 생명에게 따뜻한 손을 내밀고, 끝까지 지켜보며, 기꺼이 함께 아파해주는 그 마음이야말로 가족이라는 이름에 어울리는 형태의 연대라고 생각한다.

우리는 종종 가족에게 의존하고 있지만 때로는 실망하기도 한다. 말하지 않아도 알기를 바라고, 상처받아도 당연하다고 생각하는 경향이 있다. 그러나 진심은 말로 확인되어야 하고, 사랑은 표현되어야 한다. 정신분석학자 카를 융은 치유되지 않은 상처는 자식에게로 흘러간다고 말했다. 가족이라는 유산은 물질보다 감정이 먼저 전해진다. 우리가 품은 상처는 때로 아이들의 마음에 그대로 복제되고, 그들은 이유도 모른 채 비슷한 고통 속에 살아간다. 그러니 용서는 타인을 위한 것이 아니라, 결국은 나를 위한 선택이라는 것을 이해하게 된다.

가족은 때로 거대한 생의 과제다. 피할 수 없는 운명이자, 동시에 끊을 수 없는 인연이다. 이 모순된 관계 속에서 우리가 할 수 있는 일은 더 늦기 전에 먼저 손을 내미는 일이다. 또한 진심으로 용서하거나 이해하거나 아니면 그저 온전히 안아주는 일이다. 그 작은 시도가 멈춰 있던 시간을 다시 흐르게 하고, 멀어졌던 마음에 따뜻한 온기를 불어넣는다. 가족이라는 이름을 포기하지는 말자. 다시 시작하는 마음으로, 조금씩 다가가고 이해하려 노력할 때, 상처는 서서히 아물고 가족은 다시 진정한 가족이 된다.

진실한 사랑은 설명이 필요 없다

말보다 먼저 도착한 마음이 있다

차가운 눈빛 뒤에 숨은 따뜻함이 있다

말하지 않아도 통하는 것은 우연이 아니다

사랑은 언제나 조용히 거기 있었다

우리는 어려울 때 그저 가까운 사람이 옆에 있어 주기를 바란다. 그렇게 아무 말도 없지만 곁을 지키는 존재들 속에서 사랑을 느낀다. 사랑을 정의하는 일은 늘 어렵다. 그 감정은 너무 크고 복잡해서 언어로 다 담아내기엔 언제나 부족하다. 그래서 어떤 사랑은 말이 많고 어떤 사랑은 조용히 존재한다. 마음을 이해하지 못하는 사람에게 이야기를 들려주고, 그 마음이 어디에서 시작됐는지 해명하듯 풀어놓곤 한다. 하지만 시간이 흐르면서 마음은 그렇게 길게 설명하지 않아도, 결국 느껴지는 것이었다.

어디선가 본 사진이 있었다. 농촌의 한 마을에서, 비닐하우스 농사를 짓던 노부부의 모습이었다. 그날 폭우가 쏟아졌고 마을에는 물이 차올랐지만, 부부는 대피소로 가지 않았다. 이유는 단 하나, 노인이 치매를 앓고 있어 다른 장소에서는 잠을 이루지 못한다는 것이었다.

남편은 물이 무릎까지 찼는데도, 자신의 자리에서 아내를 안고 하룻밤을 버텼다. 그 작은 비닐하우스 안에서 서로를 감싸고 있는 그들의 모습은 무언보다 더 큰 언어였다. 설명하지 않아도 다 전해지는 사랑의 모양이었다.

우리는 종종 사랑을 너무 복잡하게 만든다. 많은 것을 요구하며, 오해가 생기면 그것을 풀기 위해 더 많은 언어를 동원한다. 하지만 그렇게 많은 말이 필요하지 않다. 사랑이 오히려 말들을 덜어내는 과정이 될 수도 있다.

프랑스의 철학자 파스칼은 "마음에는 이성이 모르는 나름의 이유가 있다."라고 말했다. 사랑은 그 영역에 속한다. 논리로는 설명되지 않는 일들이 자주 벌어진다. 예측할 수 없고, 설명하지 않아도 이해되는 순간들이 있다. 그런 순간을 우리는 사랑이라 부른다. 그래서 사랑은 낯설 정도로 조용하다.

사랑은 언제나 자기 증명의 유혹에 흔들린다. 누군가에게 잘 보이고 싶고, 나의 애정을 받아들이게 만들고 싶다. 그래서 더 잘해주고, 더 표현하게 된다. 그러나 때로 그 모든 것은 불안에서 비롯된 일이다. 정말로 안전한 사랑은 그 자체로 이미 충분하다는 확신에서 출발한다. '이 사람이 나를 사랑하는지 모르겠어'라는 생각이 든다면, 어쩌면 그 사랑은 아직 설명이 필요한 상태일지 모른다.

어느 시집에서 읽은 시 내용이다. 시에서 그의 아버지는 말이 없었고, 감정을 표현하는 데 서툰 사람이었다. "사랑한다"는 말도, "잘했다"는 칭찬도 들어본 적이 없었다. 그는 아버지의 마음을 끝내 짐작할 수 없었다. 그러던 어느 날, 고열로 밤새 앓던 기억이 있었다고 한다. 몸은 뜨겁고 의식은 흐릿한데, 새벽녘에 문이 살짝 열렸다 닫히는 소리를 들었다. 정신을 차린 뒤, 그는 책상 위에 놓인 미지근한 물수건과 이불 끝에 놓인 약봉지를 보았다. 아버지는 말없이 다녀갔다. 아무 말도 없었지만, 그날 그는 자신이 아버지에게 얼마나 아껴지고 있었는지를 처음으로 알게 되었다고 했다.

사랑은 보이지 않지만, 그 사람과 함께 있는 것만으로도 위로가 된다. 그런 관계는 흔치 않다. 그래서 그런 사랑은 오래 남는다. 수많은 감정이 떠나고 나서도, 그 마음만은 가라앉지 않고 기억 속에 머문다. 시간이 흐를수록 더 또렷해진다. 말이 없던 그 사람, 설명이 없던 그 사랑이 내 인생을 지탱해 준 하나의 기둥이 되어 있었다는 것을 뒤늦게 알게 된다.

정호승 시인은 「수선화에게」 라는 시에서 "사람이 온다는 건 실은 어마어마한 일"이라고 썼다. 한 사람이 그 사람의 곁에 있는 것이야말로 근원적인 사랑의 형태가 아닐까. 설명하지 않아도 이미 서로의 마음을 알 수 있다. 사랑은 그렇게 조용히 존재하는 것이다.

우리는 때로 말로 확인받지 못하면 불안해진다. 말로 풀지 않으면 오해가 남을까 걱정하고, 마음을 자꾸 설명하려 한다. 그러나 사랑은 반드시 말로 확인되지 않아도 된다. 그 자리에 있는 것만으로도 충분하다. 그 존재 하나만으로 위로 되는 사랑이다. 조용함이 오히려 따뜻한 언어처럼 느껴지고, 함께 있는 시간이 말보다 더 많은 것을 전해 준다. 그 마음이야말로, 소중한 사랑이었다는 것을 깨닫게 된다. 물론 말과 행동은 사랑으로 표현하는 좋은 방법이다. 그렇지만 조용한 의미도 기억에 남는다. 어쩌면 사랑은 설명이 필요 없으므로 더 오래 남는 것이다. 시간이 흘러도 더 선명해지는 이유는 그것이 말이 아니라 진심 그 자체로 전해졌기 때문이다.

오래 남는 말은 조용히 다가온다

멀리까지 가는 말은

입술보다 느리고

침묵보다 가까운 데서 시작된다

말은 참으로 신비로운 존재라고 생각한다. 때로는 감정보다 앞서가 오해의 씨앗이 되기도 하고, 돌이킬 수 없는 갈등을 주기도 한다. 하지만 이해와 따뜻한 위로 또한 말 속에 담겨 우리 마음에 다가온다. 수많은 말들이 바람처럼 스쳐 가지만, 진정 오래도록 기억되는 말은 대개 자연스럽다. 그것은 말하는 사람의 의도보다 듣는 사람의 마음에 닿아 비로소 가치를 얻게 된다.

손끝 하나로 세계 어디든 말이 전달되는 이 시대에 우리는 누구나 발화자가 된다. 정보의 홍수 속에서 쏟아져 나오는 그 많은 말 가운데 진심이 전해지는 순간은 얼마나 될까? 가슴에 새겨지는 말들의 빈도는 점점 줄어들고 있다.

말의 진정한 본질은 어쩌면 '전달'을 넘어선 '머무름'에 있는지도 모른다. 오래도록 가슴에 머물고, 세월이 흘러도 퇴색되지 않는 말들은 늘 화려함과는 거리가 멀었다. 그것은 조용하게 우리에게 다가와 곁에 머물며, 긴 설명이나 과장된 감정을 담지 않는다.

　르네 마그리트의 「이미지의 배반」에서 "이것은 파이프가 아니다"라고 역설하듯, 언어는 언제나 현실을 빙 둘러 설명할 뿐, 그 본질에 완벽히 닿기는 참으로 어려운 일이다. 말은 언제나 불완전하고 한계를 지니지만, 그 한계 속에서도 사람을 움직이고 삶을 변화시키는 말은 분명 존재한다. 그것은 눈에 보이는 것이 아니라, 우리의 마음이 비로소 받아들였을 때 의미를 부여받는 '무언가'처럼 말이다.

　역사 속에서도 그랬다. 시대를 관통하며 오래도록 회자하는 말들은 대개 '조용한 선언'의 형식을 띠었다. 마틴 루터 킹 목사의 "I have a dream"은 단순한 외침이 아니라, 수많은 이들의 가슴 깊은 곳에서 우러나온 간절한 염원이었다. 간디가 남긴 "비폭력은 강력한 무기다"라는 말 또한 조용하지만 단호한 확신이었다. 이 말들은 영혼을 천천히 두드리는 방식으로 우리 마음에 깊이 새겨졌다.

　심리학자 칼 로저스는 "진심은 말이 아니라 태도로 전해진다"라고 보았다. 진정한 공감과 이해는 언어의 수단만으로 이루어지지 않으며, 오히려 조용하게 머물고 상대를 있는 그대로 수용하는 자세를 통해 깊어진다. 말은 말을 넘어서는 순간 진정한 울림을 얻으며, 그 말이 조용히 다가올 때 비로소 마음에 오래 머물게 된다. 오늘날 상담이나 교육 현장에서 강조되는 '적극적 경청'은 바로 이러한 진리를 반영한다. 상대를 온전히 이해하려는 그 귀 기울임은, 어쩌면 진실하고 깊은 형태의 말이 될 수 있다.

어느 해 깊은 가을, 도심 속 작은 공원의 벤치에 앉아 있던 때였다. 수많은 사람들이 분주히 오가고, 아이들의 웃음소리가 끊이지 않는 활기찬 풍경 속에서, 유독 제 시선을 사로잡은 것이 있었다. 벤치 아래 잔디밭 가장자리에 피어난 아주 작은 들꽃 한 송이였다. 매일 아침 뜨거운 햇살을 맞고, 차가운 밤이슬을 견디며 홀로 피어난 그 연약한 꽃은, 아무도 알아주지 않아도 묵묵히 자신의 색깔을 지키고 있었다. 화려한 장미처럼 눈길을 끌지도, 향긋한 라일락처럼 코끝을 자극하지도 않았다. 그저 그 자리에 조용히 피어 있었을 뿐이었다. 소리 없는 그 작은 꽃은 그 어떤 웅장한 연설보다 더 깊게 마음에 스며들었다. 진정 오래도록 마음속에 머무는 가르침은 이렇게 예고 없이 찾아온다.

사회적으로 회자하는 많은 말들이 정치적 구호나 상업적 문구로 소비되고 사라지는 시대에, 오히려 '말하지 않는 말'이 진정한 언어로 기능하는 장면들이 늘고 있다. SNS와 미디어에서 기억 속에 조용히 남아 있는 문장들이 우리의 일생을 움직인다. 그것은 교과서에 실리지 않아도 되고, 트렌드에 편승하지 않아도 좋다. 사람은 결국 혼란스럽고 외로울 때, 고요하고 본질적인 말을 찾게 되기 때문이다.

동양의 고전에서도 '조용한 말'의 가치를 일찍이 통찰했다. 『논어』의 "말을 삼가고 행동에 힘쓰라"라는 구절은 언어의 절제가 곧 인격의 중심임을 알려준다. 진정한 말은 말이 많음에서 오는 것이 아니라, 오히려 말을 아낄수록 그 한마디가 더 울림을 남긴다는 것이다. 노자의

『도덕경』에서 "큰 소리는 들리지 않는다"라는 표현 또한 마찬가지다. 진정한 메시지는 요란하게 울리는 것이 아니라, 조용할수록 더욱 깊게 스며드는 법이다.

철학자 루트비히 비트겐슈타인의 "말할 수 없는 것은 침묵해야 한다"라는 선언은 언어의 한계에 대한 성찰이자, 동시에 침묵의 숭고한 필요성에 대한 증명이다. 진실한 말은 말 이전에 먼저 '존재'해야 하고, 그 존재는 말보다 더 조용한 방식으로 증명된다. 말은 존재의 그림자와 같다. 그것이 가볍게 흩어질 것인지, 영원히 오래 머무를 것인가는 말하는 방식보다 말의 '존재 태도'에 달려 있다. 그리고 그 태도는 언제나 '조용한 말'에서 비롯된다.

말은 한 사회의 진실한 문화적 자산이다. 우리의 기억 속에 남는 것들이 단순히 반복되었기 때문이 아니다. 그것은 '조용하게 울린 시간'의 결실이다. 미래 사회에서 언어가 기술에 의해 더욱 자동화되고 압축될수록, 우리는 언어의 본질을 회복하려는 노력을 멈춰서는 안 될 것이다. 오래 남는 언어는 사람과 사람을 잇는 보이지 않는 다리가 되어준다.

마음에 머무는 말은 결코 자신을 증명하려 들지 않는다. 대신 조용히 시간을 건넨다. 자신을 요란하게 드러내지 않고도 귀를 기울이게 하고, 억지로 설득하지 않아도 마음에 스며들어온다. 그 잔잔한 대화 속에 그 시간의 길이는 중요하지 않다. 그 말은 곁에 서서 지켜본다는 것이다. 오래 남는 말은 묵직하고 의미심장하게 조용히 우리에게 다가온다. 어쩌면 감동적인 말은, 항상 이렇게 시작되는 것인지도 모른다.

04 사람의 일생을 쓴다는 것

한 사람의 생을 쓴다는 것은 단순한 기록이 아니다. 삶은 숫자와 연도로 구성된 연대기도 아니며, 사건의 나열이나 업적의 요약이 될 수 없다. 그것은 한 세계를 통과한 자국이며, 어느 시대의 공기를 통째로 품은 결의이기도 하다. 그러므로 일생을 쓴다는 것은 그 사람의 시간이 아니라, 그 존재 방식을 담아내는 일이다. 쓰는 이의 손끝이 아니라, 살아온 이의 깊이가 글의 중심이 된다.

쓰는 일은 남의 삶을 빌려 나를 살피는 과정이기도 하다. 타인의 고통을 조심스럽게 꺼내어 나의 무감함을 흔들어 깨우고, 한 사람의 기쁨을 복원하며 잊고 있던 감각을 되살린다. 사람의 일생은 언제나 단편적으로밖에 이해되지 않지만, 그 안에도 온전한 세계가 깃들어 있다. 그 세계를 망치지 않기 위해, 쓰는 이는 반드시 '살아본 적 없는 삶에 대한 예의'를 지녀야 한다. 그것이 바로 사람의 일생을 쓸 때 가

저야 할 태도이다.

2023년 겨울, 한 지역 매체에서 92세 할머니가 남긴 자필 일기 일부가 소개되었다. 치매가 진행되던 시기에 쓰인 그 일기는 산문이라기보다 "남편, 길, 김장, 비 오는 날, 안 아프게"처럼 분절된 단어들의 나열에 가까웠다. 그러나 딸은 그 일기를 '솔직한 생의 조각'이라 부르며 출판을 결심했다. "어머니가 마지막으로 쓴 일기는 모든 설명을 거부했고, 그래서 더 많은 것을 말하고 있었어요." 글이 아니라 생이 적힌 그 책은 1,000부 한정 인쇄되어 요양병원과 도서관에 배포되었다. 글이 위대해지는 것은 화려하게 잘 쓰여서가 아니다. 문장이 아니라 마음이 증언할 때, 글은 타인의 삶을 지나 자신의 생으로 흘러들고, 기록이 아닌 복원이 된다. 잊힌 시간을 되살리고 잘려 나간 기억을 다시 잇는 것이다.

사람의 일생을 쓴다는 것은 결국 그 사람이 남긴 말보다, 그 말이 발화된 시간을 함께 듣는 일이다. 말은 입에서 나왔지만, 그것이 나타난 곳은 그 사람의 오랜 인내의 시간 속이다. 노자의 『도덕경』에 "도는 말해질 수 있으면 이미 도가 아니다"라는 의미가 담겨 있다. 인간의 본질은 항상 말 너머에 있으며, 진심으로 쓰고자 할 때 글은 말이 아니라 공기로 써야 한다. 침묵과 호흡의 길이로 써야 하는 것이다.

한 시인은 "죽은 이의 얼굴을 그리며 산 이의 어깨를 본다"라고 했다. 사람의 일생을 쓴다는 것은 지나간 자리를 되짚는 일이 아니라,

그 자리로부터 지금의 사람을 다시 바라보는 일이다. 삶은 과거에 머물지 않는다. 과거를 씀으로써 현재를 흔드는 것이다. 가난을 쓰면 오늘의 부유함이 낯설어지고, 부지런함을 쓰면 오늘의 게으름이 부끄러워진다. 그것은 그 사람을 위함이 아니라, 우리를 위한 되새김이다.

삶을 쓰는 순간, 우리는 또한 '잊히는 것'과 싸우게 된다. 한 사람의 인생을 단어 몇 줄로 온전히 붙잡을 수 있다는 믿음은 오만이다. 우리는 결국 모든 것을 다 쓸 수 없다. 중요한 건 다 쓰는 것이 아니라, 하나라도 제대로 듣는 것이다. 일생에서 의미 있는 시간을 듣고, 그것을 조용히 옮기는 일이다. 그 한 줄에 진심이 있으면 그것만으로도 누군가는 위로받는다. 그것은 문장이 아니라 마음이 사람을 살린다는 것을 알 수 있다.

철학자 한나 아렌트는 "삶이란 행동과 말 속에 스며든 존재의 방식"이라 했다. 한 사람의 인생을 쓰는 것은 단지 생애를 요약하는 것이 아니라, 그 사람의 존재 방식을 문장으로 재현하는 일이다. 삶의 방식은 오래 기억되지 않더라도, 단 한 문장으로 살아남을 수 있다. 마지막 편지 한 줄, 일기 속 잔잔한 기록, 어떤 사람의 무심한 인사 한마디. 이 모든 것이 일생을 담은 문장이 될 수 있다.

사람의 일대기를 쓴다는 것은 결국 '들리는 문장'이 아니라 '남는 문장'을 찾는 일이다. 다정했던 손끝의 기억, 몇 번이고 고쳐 쓴 듯한 말의 흔들림, 끝내 지우지 못한 단어 하나이다. 그런 것들이 글로 이어지면, 그것은 기록이 아니라 '남음'이 된다. 그리고 그 남음은 살아남아 긴 생명력을 갖는다.

또 하나 중요한 것은 사람의 일생은 쓸만한 소재가 있어야 한다는 것이다. 그 제목은 소중하고 가치 있는 삶으로부터 시작한다. 부정으로 포장한 삶은 그것을 기록한다 해도 부끄러움만 남을 것이다. 어쩌면 사람의 평생을 쓴다는 건, 끝나지 않은 삶을 다시 숨 쉬게 하는 숭고한 일이다. 일생을 쓴다는 각오가 있다면, 그렇게 자신의 정의를 쉽게 버리지 못하리라고 생각해 본다.

기억보다 중요한 건 존재의 감각

기억은 어제를 묻고

존재는 오늘을 건넨다

사라지기 전에 빛나는 것은

언제나 지금이라는 감각이다

기억은 시간을 잇는다고 한다. 잃어버린 풍경을 다시 불러내고, 사라진 사람의 온기를 복원한다. 그러나 어떤 순간에는, 기억보다 더 중요해지는 감각이 있다. 지금 여기에 존재의 감각이 있다. 그것은 기억을 넘어서며, 때때로 기억조차 덧붙이지 못하는 실재가 된다. 사람은 살아가는 동안 많은 것을 기억하지만, 정작 빛나는 순간들은 기록되지 않은 채 흘러간다. 누가 무슨 말을 했는지는 흐려져도, 그 곁에서 느껴졌던 감각은 오래간다. 기억은 과거의 재구성일 뿐, 존재는 현재의 진실이기 때문이다.

서울의 한 고시원에서 수년째 홀로 생활하던 70대 노인이 매일 새벽 같은 골목을 돌며 쌓인 쓰레기를 치웠다고 한다. 그는 어떤 기록에도 남지 않은 사람이었다. 어느 날부터인가 그 노인은 나타나지 않았고, 그 골목은 지저분해지기 시작했다. 주변 사람들은 뒤늦게 그의 존재를 이야기하기 시작했다. "이 골목이 매일 깨끗했던 건 그분 덕분이었다." 사람들은 그가 무엇을 했는지를 기억하기보다, 그가 있었던 시간의 감각을 떠올렸다. 잊히지 않는 것은 그의 존재였다. 존재의 감각은 어떤 조건이나 평가 이전에 스며든다. 그것은 타인의 시선으로 입증되지 않아도 된다. 그저 함께 머물렀다는 사실, 함께 숨을 쉬었다는 시간이 하나의 증명이 된다. 그저 조용히 살아가는 존재가 인간적인 흔적으로 남는다는 것이다.

삶이란 결국 매 순간을 살아내는 감각의 총합이다. 어떤 이들은 화려한 기억을 쌓기 위해 오늘을 소모하지만, 어떤 이들은 기억되지 않아도 좋은 오늘을 충실히 살아간다. 존재는 기록보다 앞선다. 누군가를 기억한다는 건 그 사람의 말을 떠올리는 일이기도 하지만, 그보다 그 사람과 함께 있었던 조용한 호흡의 흐름이다.

카뮈는 『시지프 신화』에서 삶의 부조리 속에서도 인간이 존재를 의식할 수 있을 때 비로소 자유에 도달한다고 말했다. 시지프는 돌을 밀어 올리는 무의미한 반복 속에서도 존재의 감각을 잃지 않았기에 패배자가 아니었다. 우리도 마찬가지다. 모든 것을 기억하려는 욕망보다, 지금을 살아 있다는 실감 하나면 충분할 때가 있다. 동양의 사상 또한 존재의 감각을 매우 깊게 성찰했다. 장자는 '잊음'을 통하여 오히려 '살아 있음'에 도달할 수 있다고 보았다. 기억은 언제나 판단을 동반하지만, 존재의 감각은 판단 너머의 순수한 생이다. 그것은 설명되지 않아도, 말로 증명되지 않아도 존재의 진실로 남는다.

오늘의 감각은 내일의 기억이 되겠지만, 고요하고 생생한 감각은 단지 기억되기 위한 것이 아니다. 그것은 그 자체로 하나의 생명이다. 사람의 존재는 말로 증명되지 않는다. 사람은 누군가에게 기억되기 위해 사는 것이 아니라, 지금 여기에 있는 자신을 느끼며 살아갈 때 비로소 삶에 다가간다.

우리는 누군가에게 화려한 업적이나 웅변적인 말로 기억되려 한다. 하지만 정작 깊이 스며드는 것은 함께했던 순간의 평온함이다. 또한 서로를 마주했던 눈빛 속의 이해이다. 이 감각은 망각의 장막 속에서도 길을 잃지 않고, 삶의 본질적인 자리에서 우리를 붙들어 맨다. 존재는 왜곡되지 않는 순간의 진실이다.

기억이 사라져도 존재의 감각은 남는다는 것이야말로, 인간이 서로를 연결하는 단단한 끈이다. 말로 전해지지 않아도 살아 있는 모든 순간은 하나의 감각으로 남아, 어떤 기억보다 오래 사람 곁에 머문다. 결국 우리를 온전하게 하는 것은 타인이 부여하는 기억이 아닌, 나 자신과 우리가 공유하는 그 순간의 생생한 감각이다.

잊히는 용기, 살아남는 문장

기억을 비우면

문장이 된다

사라진 자국에서

말이 남는다

세상은 끊임없이 기록을 요구한다. 모든 말이 살아남는 것은 아니다. 기억하기 위해 남긴 말은 금세 사라지고, 진정 오래 남는 말은 종종 잊힌 자리에서 조용히 태어난다. 말은 남기려 할수록 오히려 사라진다. 사라져도 좋다는 태도야말로 오랫동안 존재하게 하는 힘을 지닌다. 그래서 어떤 문장은 유한한 존재보다 더 오래 생명력을 유지한다.

'잊힌다는 것'은 대개 상실과 부정적인 감각으로 다가온다. 그러나 삶의 많은 진실은 잊힘 속에서 비로소 자유로워지는 법이다. 반드시 남겨야 할 것만이 가치 있는 문장이 되는 것은 아니다. 사람은 때때로 아무 말 없이 자신의 자리에서 물러나는 이의 뒷모습에서 더 깨달음을 얻는다. 잊히는 것을 두려워하지 않을 때 문장은 비로소 삶의 진정한 의미에 더욱 가까워진다.

농촌의 한 폐교 건물에서 '기록 없는 사람들'이라는 독특한 전시가 열렸다. 마을의 할머니들이 평생 써보지 못했던 글, 마음속에 묵혀 두었던 감정들이 전시되었다. 글이라고 부르기엔 정형화되지 못한 그 것들은 오히려 보는 이의 눈에 깊숙이 박혔다. 누군가에게 기억되기 위해 애써 쓴 것이 아니었다. 그저 말하지 못한 순간들을 조용히 내려놓은 것뿐이었다. 그러나 그 소박한 종잇조각들은 사라져 간 사람들의 일생과 그들의 존재를 생생하게 되살려냈다.

글이 오래도록 살아남는 것은 그 글이 위대해서가 아니다. 어떤 글은 말해지지 않았기 때문에 더 오래 살아남는 특성을 지닌다. 사람은 말한 것보다 말하지 못한 것에 대해 더 깊이 생각한다. 기억한 것보다 잊어버린 것 속에서 스스로를 더 자주 발견하기도 한다. 그래서 살아남는 문장은 대개 미완성의 모습을 띠고 있다. 공백을 남기고 침묵을 인정하며, 특정한 해석을 강요하지 않는 문장은 그 자체로 단정하지 않기에 오랜 시간 사람들에게 읽힌다. 또한, 설명하려 애쓰지 않기에 더 오래도록 기억 속에 머문다.

프랑스 철학자 모리스 블랑쇼는 글쓰기를 단순한 문학적 창작의 도구가 아닌, 인간 존재와 언어의 본질적 관계를 드러내는 철학적 사건으로 간주했다. 그의 사상에 따르면 "문학의 존재 근거는 글쓰기 자체에 있다"라고 보았다. 아직 언어로 온전히 표현되지 않았던 것을 위해 문장이 존재한다고 보았다. '잊힘'이라는 공간이야말로 종종 글의 탄생지가 된다. 시인은 화려한 언어로 기억을 붙잡는 이가 아니라, 언

어가 도달하지 못하는 영역에 있는 것들을 조심스럽게 둘러보는 사
람이다. 그러한 시선이 죽어있는 듯한 문장마저도 살아 숨 쉬게 하는
것이다.

　동양의 오래된 가르침 속에서도 이러한 사유는 끊임없이 흐른다.
『장자』에는 진실한 말은 아름답지 않고, 아름다운 말은 진실하지 않
다는 구절이 있다. 말은 화려하게 빛날 필요가 없다. 때로는 어둠 속
에서 오히려 더 울림을 전하며 빛난다. 한 문장이 사람의 마음을 움
직이는 것은 그 문장이 어떤 거창한 진리를 담고 있어서가 아니다. 진
실된 순간들이 문장을 오래 남게 하는 진정한 힘이다.

　모든 것이 실시간으로 기록되고 모든 말이 아카이브되는 기억 강요
의 시대에 우리는 살고 있다. 그러나 정말 중요한 문장은 데이터 저
장소에 보관되지 않는다. 어떤 말은 사람의 몸에 스며들어 하나의 경
험으로 자리 잡는다. 어떤 말은 오랜 시간이 지나도 마음 어딘가에서
지워지지 않는 흔적을 남긴다. 문장은 결국 타인에게 무언가를 증명
하려는 시도가 아니다. 함께했던 그 시간을 증언하는 일이다.

　오래 기억되는 말은 사람에게 특별히 기억되지 않더라도 괜찮다는
용기를 지닌 말이 오래 살아남는다. 그 용기에서 진정한 문장이 태어
난다. 그 문장은 누구를 향해 쓰인 것이 아니지만, 결국 누구에게나
조용히 다가가 울림을 전한다. 오래도록 읽히는 책은, 그 책을 써야만
했던 작가가 아니라 쓰고 난 후 모든 집착을 비워낼 수 있었던 작가

가 만든다. 잊히는 것을 허락할 때 문장은 비로소 온전해지고 빛나는 모습을 드러낸다.

　진실의 말은 사람의 귀에 들리기보다 마음속에 스며든다. 기록되기 보다 살아 있는 경험으로 남는다. 말이 스쳐 간 사람의 마음에 깊이 남는다면, 그것은 결코 끝내 잊히지 않는다. '잊히는 용기'는 이렇게 '살아남는 문장'을 만들어 낸다. 과거를 잊는다는 것은 힘들고 슬픈 일이지만, 잊을 수 있는 용기는 현실을 승화하여 미래를 잘 살아내기 위한 토대가 된다. 그리고 글을 통해 조용히 그리고 그 문장은 수많 은 사람의 하루를 천천히 붙잡아 주고, 굳건하게 삶의 의미를 지탱하 는 존재가 되는 것이다.

살아 있는 모든 순간은 시다

살아 있음이 고요히

우리 곁을 지나는 순간들

그 순간들 안에

우리는 종종 소중한 것을

놓치곤 한다

아홉 살 그 소년은 자연을 그리는 화가가 되고 싶었다. 그는 종이 위에 선을 긋는 대신 푸른 숲을 캔버스 삼아 예술을 탐색했다. 학교 종이 울리자마자 곧장 산으로 달려갔고, 나무 그늘에서 한가로이 눕거나 소의 조용한 발걸음을 따라가며 자연과 대화하듯 하루를 보냈다. 어느 날 가족이 커다란 암소 한 마리를 맡기며 "이 소를 잘 돌봐다오"라고 부탁하자, 그는 즉시 소가 좋아할 풀을 찾아 숲 이곳저곳을 누비기 시작했다. 풀의 결과 냄새, 흙의 촉감, 나무껍질의 결까지 그의 손끝으로 오롯이 읽혔고, 바람이 불 때마다 그의 마음도 스스럼없이 흔들렸다. 그에게 자연은 나침반도 교과서도 없이 만난 첫 번째 친구이자 위대한 스승이었다.

그러던 어느 날, 그는 우연히 파브르의 어린 시절을 그린 만화를 접

했다. 책장을 넘기던 소년의 눈동자에는 새로운 빛이 스며들었다. "나도 과학자가 되겠어." 그 순간부터 그는 풀벌레의 작은 소리에 귀를 기울였고, 흙 속에 숨어 사는 작은 생명들의 흔적을 끈기 있게 따라 걸었다. 하루하루는 경이로움의 연속이었으며, 바람결에 실려 온 작은 깨달음은 그의 심장을 깊이 울렸다. 그러나 시간이 흐르자 '현실'이라는 이름의 벽이 그의 앞에 하나둘 쌓여갔다. 학교 시험, 부모님의 기대, 냉혹한 경제적 조건, 그리고 점점 더 빠르게 돌아가는 도시의 시곗바늘이 그 모든 것이었다. 이 모든 현실적인 제약들이 그의 순수했던 꿈 위에 무겁게 내려앉으며, 그의 숨통을 조용히 죄어왔다.

포기란 그저 꿈을 잠시 미루는 것이 아니라, 자기 자신을 잃어가는 과정임을 그는 너무도 일찍 깨달았다. 어느 날 문득, 그는 더 이상 숲으로 발걸음을 향하지 않았다. 그의 손에 들린 것은 푸른 나뭇잎이 아니라 차가운 스마트폰이었다. 그의 귀에 들리던 정겨운 곤충 소리 대신, 시야를 가득 채운 것은 빼곡한 자격증 목록뿐이었다. 소년은 창밖 너머의 풍경에서 잃어버린 것에 대한 그리움을 배웠고, 숲에서 자유로이 뛰놀던 아이는 이제 촘촘한 일정표 속에 갇힌 한 명의 어른이 되었다.

"무엇이 우리를 이토록 변화하게 만드는 걸까?" 그 질문은 오랜 시간 그의 마음속을 맴돌았다. 단지 거스를 수 없는 시대의 흐름이라고 체념해야만 하는 걸까? 많은 이들이 미래를 점치며 묻는다. "앞으로 10년간 무엇이 변할까? 어떤 기술이 우리 삶을 완전히 뒤바꿔 놓을까?"

　그러나 아마존의 창립자 제프 베이조스는 다르게 접근했다. 앞으로 10년간 무엇이 변할 것보다는 10년 후에도 변하지 않을 것을 묻고 싶다고 한다. 이것은 인간의 본질적인 욕망, 즉 시대를 초월하여 변하지 않는 가치를 의미할 수 있다. 저렴한 가격과 빠른 배송은 단순한 사업 전략을 넘어, 인간의 심리에 대한 통찰에서 비롯된 것이었다. 무엇보다 중요한 것은, 흔들리지 않고 변하지 않는 것을 굳건히 지키는 일이다. 사랑과 외로움, 슬픔과 회복, 꿈과 좌절 같은 감정들은 시대를 넘어 인간의 중심에 영원히 남는 보편적인 정서다.

　"내일 죽을 것처럼 살아라. 영원히 살 것처럼 배워라." 마하트마 간디의 이 말은 마치 시를 우리의 마음속에 조용히 새겨주는 듯 다가온다. 우리는 매일을 살아가지만, 정작 '살아 있다'는 사실을 온전히 느끼며 사는 날은 드물다. 오늘이라는 시간은 종종 아직 도달하지 않은 미래의 무언가를 위한 준비물처럼 여겨져 미뤄진다. 그러나 삶은 결코 나중에 찾아오지 않는다.

　스티브 잡스는 한 대학교 졸업식에서 졸업생들에게 메시지를 전했다. "매일 아침 거울을 보며 '오늘이 내 인생의 마지막 날이라면, 지금 하려는 일을 할 것인가?'라고 자신에게 묻는다"라는 의미를 남겼다. 잡스는 자신의 죽음을 끊임없이 의식했기에 오히려 인생을 더욱 깊이 사랑할 수 있었다. 시간은 유한하며, 그 유한함이야말로 매 순간을 무한한 가치로 채우는 역설적인 힘이 된다.

살아 있는 모든 순간은 그 자체로 의미를 가진다. 이 말은 화려한 성취나 거대한 성공만을 위한 외침이 아니다. 우리가 너무나 평범하다고 여기는 일상 속의 작은 날들에도 빛이 조용히 흐르고 있다는 고백이다. 아침 햇살이 비치는 평범한 순간 속에서도 삶의 무게는 존재한다. 죽음이 가까워질수록 사람은 하루를 더욱 진실하게 대한다. 그러나 살아 있다는 이유만으로도, 오늘 하루를 진정으로 놓치지 않고 충실히 사는 자만이 삶의 참된 진실을 보게 된다. 우리에게 소중한 것들은, 너무나 가까이 있어 그 가치를 잊어버리기 마련이다. 당신이 살아 있는 그 사실만으로도 어두운 하루에 작은 빛이 되고, 꺼지지 않는 희망이 된다. 알게 모르게 누군가의 마음이 당신을 통해 세상과 서로 깊이 이어지고 있다. 무의미해 보이는 평범한 날들 속에야말로 삶의 순수하고 따뜻한 온도가 숨어 있는 것이다.

오래전에 포기했던 꿈이 조용히 우리의 마음에 말을 건넨다. 삶의 진정한 울림은 잊힌 줄 알았던 기억의 저편에서 불쑥 되살아난다. 살아 있다는 것은 단지 시간이 흘러간다는 얄팍한 뜻이 아니다. 그것은 생생한 감각이고, 아낌없는 사랑이며, 존재 자체의 굳건한 증명이다. 당신이 지금 여기에 살아 있다는 것만으로도, 이 하루는 그 자체로 이미 완벽하게 완성되어 있다. 굳이 무엇을 성취하거나 위대한 인물이 될 필요는 없다. 살아 있다는 것은 그 자체가 이미 찬란한 기적이며, 우리가 영원히 잊지 말아야 할 삶의 시 한 줄인 것이다.

Chapter 3

관계에서 거리감 유지법

사랑, 거리, 그리고 나

01 사랑은 기술이다

사랑은 주는 것이며

내게 주어진

수많은 언어 중에

가장 오래 연습해야 하는

다정한 언어이다

우리는 늘 사랑을 갈망한다. 누구나 사랑을 주고받고 싶어 하는 마음은 본능처럼 찾아온다. 사랑하는 마음이 있으면 행동으로 옮겨야 하는 경우도 많다. 아픈 사람에게 마음으로만 보살피는 것보다는 직접 약국에서 약을 사와 먹여주기도 해야 한다. 진정으로 사랑하고자 하는 능동적인 태도는 그저 가만히 있는다고 저절로 솟아나는 감정이 아니다. 그것은 의지 속에서만 선택적으로 움터 자라나는 귀한 씨앗이다. 그리고 그 의지 또한 아무것도 하지 않아도 거저 얻어지는 것이 아니다. 끊임없이 의식적으로 다듬고, 인내심을 가지고 지속해야만 비로소 견고한 태도로 자리 잡을 수 있다.

에리히 프롬은 그의 명저 『사랑의 기술』에서 사랑은 단순한 감정이 아니라 습득해야 할 '기술'이라고 명쾌하게 말했다. 기술은 저절로 얻어지는 것이 아니다. 그것은 배움을 전제로 하며, 끊임없는 습득과 훈련을 요구한다. 시간과 헌신적인 의지를 전제로 하지 않고서는 결코 숙달될 수 없는 영역이다. 자동차 운전을 배울 때도, 능숙하게 악기를 연주할 때도, 수많은 연습 없이는 결코 능숙해질 수 없다는 사실을 누구보다 잘 안다. 그런데 왜 유독 사랑에 대해서만큼은, 그저 받는 것만을 당연하게 여기고, 정작 사랑을 주고 표현하는 법을 연습하는 일은 이토록 어색하고 부끄러워하는 것일까?

사랑은 조금 어색하게 시작될 때 비로소 진정한 의미를 가진다. 서투르고 실수투성이일지라도, 그 첫 발걸음을 떼는 용기가 중요하다. 수많은 연습을 통해 완벽함에 도달하는 것만큼이나, 사랑을 위해 처음으로 손을 내미는 그 마음이 값진 것이다. 처음으로 "미안해"라고 말할 때의 쑥스러움, 처음으로 "사랑해"라고 고백할 때의 떨림을 보라. 이 모든 어색하고 불안정한 순간들이야말로 사랑이라는 위대한 기술의 진정한 입문 단계다. 이 첫 단계를 용기 있게 지나면, 그 어색함은 차츰 익숙함과 편안함으로 변해갈 수 있다. 사람들은 흔히 '사랑하는 마음만 있으면 된다'고 말하지만, 가슴속에만 품어져 표현되지 않은 마음은 결코 상대에게 전달되지 않는다. 전달되지 않는 사랑은 결국 세상에 존재하지 않는 사랑과 다르지 않다는 것을 알아야 한다.

실제로 우리는 표현의 부재가 낳은 비극적인 오해들을 목격한다. 한 남성이 아버지의 장례를 마친 뒤, 우연히 아버지의 낡은 노트를 발견했다고 한다. 그 노트에는 매일 아들의 안부를 걱정하는 나지막한 말들, 아들의 이름을 부르며 애틋하게 미안해하고 그리워하는 글들이 빽빽하게 적혀 있었다. 아들과 가족의 빛바랜 사진들도 지갑 속에 고이 간직되어 있었다. 그러나 생전의 아버지는 아들에게 더없이 엄하고 무뚝뚝한 존재였다. 아들은 아버지의 사랑을 잘 알지 못했고, 그 마음을 한 번도 헤아려주지 못했던 자신을 뒤늦게 자책하며 통곡했다.

이 가슴 아픈 사례는, 사랑이 기술로서 표현되지 않으면 그 아무리 깊은 마음일지라도 결국 무늬만 남은 공허한 사랑이 될 수 있음을 여실히 보여준다. 행동으로 사랑을 전하는 것을 중요하게 여겼던 현장 중심의 목회자이자 작가인 데이비드 윌커슨은 이렇게 말한다. "사랑은 마음속 감정이 아니라 행동으로 드러나야 한다." 이 말처럼, 사랑은 가슴속에만 머물면 흔적조차 남기지 않고 사라져 버릴 수 있다. 아무리 깊고 진실한 감정일지라도 행동으로 옮겨지지 않으면, 상대는 그 사랑을 결코 느낄 수 없다. 결국 사랑은 손끝의 작은 움직임과 언어의 따뜻한 울림 속에서 비로소 살아 움직이는 생명력을 얻는 것이다.

바야흐로 인공 지능 시대가 도래하면서, 이 질문은 더욱 본질적인 차원으로 우리를 이끈다. 언어학자 나오미 배런은 그의 저서 『쓰기의 미래』에서 인공 지능이 인간의 언어와 감정을 '모사'할 수 있는 수준에 도달할 것으로 예측한다. 그러나 그는 인간의 언어가 단지 의미 없는 단어들의 조합이 아니라, 그 안에 '관계적 태도'와 '윤리적 결'이 내포되어 있음을 강조한다. 즉 언어는 단순한 기술을 넘어 태도를 반영하며, 기술이 되기 이전에 인간 존재의 방식 그 자체를 드러낸다는 것이다. 이 지점을 사랑에 비추어 보면, 사랑 역시 순간적인 감정의 흔적에 머무르지 않는다. 오히려 더 근원적으로는 하나의 굳건한 '결정'이다. 우리가 사랑을 단순한 감정으로만 이해한다면, 사랑을 피상적으로 소비하고 쉽게 포기하게 된다. 반대로 사랑을 '기술'로 이해할 때, 사랑은 배우고 다듬어지며, 설령 실패를 마주하더라도 다시 시도하고 성장할 가능성을 가진다.

나도 오랜 교직 생활을 돌아보니 교사로서 학생들에게 베푼 사랑의 기술에 아쉬움이 남는다. 나는 학생들의 미래에 긍정적인 영향을 줄 많은 말들을 했지만, 때로는 그 말들이 따뜻하게 전달되지 못했던 날들에 대해서는 어떤 이유로도 스스로를 변명할 수 없다. 아이들의 마음속 이야기에 충분히 귀 기울이지 못했던 시간들 속에서, 뒤늦게 깨닫게 되었다. 사랑은 마음에만 머물러서는 안 되며, 늘 따뜻한 언어와 행동으로 드러나야 한다는 사실이다. 표현되지 않은 사랑은 마치 창고 속에 갇힌 보물과도 같아서, 아무리 빛나도 그 가치를 발산할 수 없는 것이다.

지금 이 시대에는 사랑을 가르치고 배우는 기술이 그 어느 때보다 절실하다. 우리는 누구에게도 사랑을 표현하는 법을 제대로 배우지 못한 채 무심하게 어른이 되어버렸다. 그러나 중요한 것은 서툴더라도 지금 당장 시작하는 것이다. 아직은 낯설고 어색하여 불편함이 따르더라도, 그 어색함을 용기 있게 견디는 사람만이 표현하는 사랑을 비로소 온전히 익힐 수 있다. 사랑을 끊임없이 배우는 존재가 되어야 한다. 그 배움은 누군가를 향한 훈련일 뿐 아니라, 불완전한 자기 자신을 온전히 품는 사랑스러운 연습이기도 하다. 이 사랑의 기술을 아는 사람은 세상의 차가움과 불의 앞에서도 흔들림 없이 자기 자신을 따뜻하게 끌어안을 수 있다. 그것은 인간으로서 도달할 수 있는 아름답고 고귀한 태도이다. 사랑은 '받는 것'이 아니라 '주는 것'이라는 본질적인 진실을 다시 한 번 마음속 깊이 새겨본다. 사랑은 기술이며 동시에 우리의 선택이다. 그 사랑의 선택을 매일 연습하는 인생이야말로 세상의 복잡한 관계 속에서 나를 지키는 유일한 길이 될 것이다.

사랑의 기술은 간단하지 않다. 그 기술은 누군가의 말 없는 울음을 귀 기울여 들을 줄 아는 헤아림의 힘이며, 때로는 그저 말없이 상대 곁에 머무는 인내심이다. 사랑을 온전히 익힌 사람은 무너져가는 세계 속에서도 약한 이를 뜨겁게 안아주고, 모든 것을 아낌없이 베풀 수 있는 용기를 가진다. 그들은 사랑의 빛으로 세상을 비추며, 인간다운 방식으로 존재한다. 먼저 손을 내밀고 느껴봐야 한다. 그 손이 부끄러워지더라도 실행은 곧 연습이 된다. 그리고 기술이 되어 사랑을 전파하게 된다. 사람 사이의 어색함도 사랑을 하는 일이 된다면 사명감을 느끼게 된다. 어쩌면 종교나 윤리적 승화라기보다는 사람 본연의 마음을 갖게 하는 일이다. 그러다 보면 사랑은 기술이 되어, 세상의 따뜻한 햇살이 되어 우리를 비출 것이다.

나를 존중하는 방법

이따금 거울 앞에 선다

세상에 가까우면서도

낯선 얼굴을 마주한다

눈을 피하고 싶다가도

나를 다독이고 싶다

우리는 이 세상에 태어나면서부터 타인의 사랑을 갈망한다. 어쩌면 그 갈망은 살아 있는 모든 존재의 본능과도 같다. 하지만 슬프게도 그 사랑을 온전히 배우고 실천하기 전에, 자신을 먼저 잃어버리는 경우가 많다. 타인의 시선으로 나를 바라보는 법, 타인의 요구에 맞추어 자신을 조정하는 법은 익숙해졌지만, 정작 본인의 목소리에 귀 기울이는 법은 제대로 배운 적이 없는 듯하다. 먼저 돌봐야 할 '나'라는 존재를 돌보는 일에 한없이 서툴렀다. 자신을 힘들게 하고 지치게 한 존재는, 역설적으로 다른 어떤 타인이 아니라 자신이었다는 것을 뒤늦게 깨닫게 된다. 스스로를 이해하기란 낯선 타인을 이해하는 일보다 더 어렵고, 혼란스러운 순간들을 이겨내기는 어려운 일이다. 그래서 나는 자신의 소리에 좀 더 깊이 귀를 기울이게 되었고, 삶의 본질에 대해 사색하게 되었다.

학교에서 담임으로 근무하던 해, 학기 초 상담 시간에 한 학생이 조심스럽게 꺼냈던 말이 마음에 오래도록 메아리쳤다. 나약해 보이지 않으려 애쓰는 듯했지만, 아이의 눈빛 속에는 불안과 자기 불신이 스며 있었다. "선생님, 저는 그냥 매사 자신이 없어요." 그 아이는 가정이든 학교든 '잘해야 한다'라는 압도적인 강박 속에 살아왔고, 단 한 번도 자신의 진정한 감정을 온전히 표현하거나 인정받아 본 적이 없다고 했다. 학생으로서 진학과 학교생활, 친구 관계 등에서 충분히 가질 수 있는 상황이었지만, 그저 현실의 한 단면으로 치부하기에는 너무나도 안타까운 한 영혼의 외침이었다. 나는 그 아이의 눈을 마주하며 마음속으로 되뇌었다. '어떻게 하면 이 아이에게 자기 자신을 사랑하는 법을 가르쳐 줄 수 있을까?'

우리는 사회 속에서 '누군가를 사랑하라'는 말은 귀가 따갑도록 들으며 자라왔다. 부모님을 사랑하고, 친구를 사랑하고, 국가를 사랑하라고 배웠다. 하지만 정작 '자기 자신을 사랑하라'는 가르침을 깊이 있게 배울 기회는 거의 없었다. 나를 사랑한다는 것은 단순히 자신을 무조건 위로하거나 기분 좋게만 대하자는 말이 아니다. 그것은 자기 자신을 하나의 존엄한 '존재'로 깊이 인식하고 존중하는 일이다. '나는 무엇 때문에 이토록 슬픈가?', '무엇이 나를 이토록 두렵게 하는가?'라는 본질적인 질문들을 피하지 않고 직면할 용기가 필요한 것이다. 아이러니하게도, 나를 사랑하는 일은 타인을 사랑하는 일보다 훨씬 더 어렵다. 타인은 때때로 우리가 상상하는 완벽한 모습으로 이상화되지만, 나는 나의 추하고 약하며 보잘것없는 순간까지도 모두 알고 있기 때문이다. 하지만 그 모든 불완전한 모습들까지도 기꺼이 품지 않는다면, 결코 자신을 온전히 사랑할 수 없다.

프랑스의 위대한 철학자 보부아르는 우리에게 준엄하게 경고한다. "자신을 주체로 느끼지 못하는 사람은 타인을 진정으로 사랑할 수 없다." 여기서 '주체로 존재한다'는 것은 내 삶의 방향키를 나 자신이 쥐고 있다는 단호한 의지의 표현이다. 외부의 파도에 휩쓸려 다니는 존재가 아니라, 폭풍 속에서도 자신의 항로를 결정하는 주인이 되는 것이다. 그렇다면 나를 사랑한다는 건 무엇일까? 바로 그 삶의 방향키를 불안하더라도 굳건히 붙들고 놓지 않는 일이다. 비록 당장 어디로 가야 할지 분명한 방향을 몰라도, 그 방향키를 손에서 놓지 않고 책임을 다하는 것이 곧 자기 자신을 향한 사랑이다. 우리는 종종 칭찬에 목말라하고, 타인의 인정이라는 척도로 자신을 측정하려 한다. SNS의 '좋아요' 숫자나 세상의 유행이 내 자존감의 유일한 기준이 되기도 한다. 그러다 보니 내 진정한 마음이 어떤 상태인지보다는, 어떻게 보여질지가 더 중요한 인생을 살게 된다. 그러나 그렇게 살아갈수록 우리의 정신은 점점 말라가고, 공허해질 뿐이다. 언젠가 어느 방향에서도 진정으로 사랑받지 못했다는 고립감이 파도처럼 밀려온다. 그때 우리는 비로소 본질적인 물음을 던지게 된다. '나는 과연 나 자신을 진정으로 사랑하고 있는가?'

미국의 저명한 심리학자 브레네 브라운은 수년간의 연구를 통해 진정한 자기 사랑이란 완벽한 사람이 되려는 헛된 노력이 아니라, 불완전하고 연약한 자신을 있는 그대로 인정하고 받아들이며, 자신에게 따뜻하고 친절하게 대하는 태도라고 말한다. 그녀는 자기 연민이 결코 나약함이 아니라, 오히려 진정한 용기라고 강조한다. 자신의 상처와 마주할 용기가 있는 사람만이 타인의 고통 앞에서도 흔들림 없이 공감과 연대를 나눌 수 있기 때문이다.

최근 이런 따뜻한 기사가 실렸다. 팬데믹 이후 자기 자신에게 격려 편지를 쓰는 사람들이 급증하고 있다고 한다. 그들은 하루를 시작하기 전, 자신에게 진심을 담아 편지를 썼다. "오늘 하루도 잘해보자.", "너는 충분히 괜찮은 사람이야." 이런 말들을 매일 꾸준히 자신에게 들려주는 것만으로도 불안과 우울감이 현저히 줄어들었다는 연구 결과가 덧붙여졌다. 우리는 너무 오랫동안 타인에게만 친절하고 배려심 있도록 훈련되었다. 이제는 친절과 배려를 자신에게 먼저 돌려주어야 할 때다.

나를 존중하고 사랑하는 법에는 명확한 정답은 없지만, 분명한 방향은 존재한다. 그것은 타인과 끊임없이 비교하며 자신을 깎아내리지 않고, 외부의 잣대로 나 자신을 섣불리 판단하지 않는 일이다. 매일의 크고 작은 실수를 자책하기보다는, 그날의 나를 있는 그대로 끌어안는 포용력을 가지는 것이다. 때로는 '더 잘해야 한다'는 강박감 대신 '지금 이대로도 충분히 괜찮다'는 따뜻한 안심을 스스로에게 심어주는 용기이기도 하다.

나는 교사로 살아가며 아이들에게 따뜻한 말을 건네고, 상처받은 아이들을 보듬어 안는 것이 교육의 본질이라 굳게 믿었다. 하지만 시간이 흐르고 내면의 깊이를 더해갈수록 깨달았다. 교사의 마음이 텅 비어 있다면, 그 어떤 따뜻함도 학생에게 진심으로 전달될 수 없다는 것이다. 자기 자신을 먼저 돌보지 못하는 사람이 어떻게 타인의 아픔을 진정으로 위로하고 공감할 수 있을까? 결국, 진정한 교육은 바로 여기에서부터 출발한다. 교사는 먼저 스스로 주변을 돌아보고 생활을 정비해야 한다. 또한 사랑을 베풀 수 있는 마음의 여력이 있다면 그 교육적 기회는 바람직하다. 그리고 자신을 사랑하고 이해할수록 학생들을 진심으로 사랑하고 품어줄 수 있을 것이다.

이제 나 자신에게 안부를 묻는 습관을 들인다. 나를 존중하고 사랑하는 법은 거창한 성공이나 인정이 아니라, 이처럼 사소한 일상 속에서 발견할 수 있다. 세상은 여전히 각박하고 때로는 냉정하지만, 그 안에서 우리가 할 수 있는 일은 자기 자신을 진실로 사랑하는 일이다. 자기 안에 사랑이 차곡차곡 쌓이면, 마침내 누군가를 진심으로 온전히 안아줄 수 있게 된다. 나를 존중하고 사랑하는 법을 아는 사람만이 누군가를 진심으로 이해하고 깊이 안을 수 있다. 그것이야말로 이 세상에서 인간답게 살아가는 지혜로운 방식이 아닐까 생각해 본다.

관계에서 거리감 유지법

그리움이란 가깝지 않다는 뜻이다

그러나 멀어지기만 한다면…

그것을 살리는 건 적당한 거리이다

우리는 누군가를 지나치게 사랑하게 될 때, 역설적으로 그 사람을 잃게 되는 기이한 경험을 하곤 한다. 마음이 앞서 너무 깊이 들어가려다 보면, 예측과는 달리 관계가 오히려 뒤얽히고 뜻대로 풀리지 않으며 결국 친밀함마저 잃게 되는 비극을 맞기도 한다. 관계는 마치 팽팽한 외줄 위를 걷는 외줄 타기처럼, 미세한 무게 중심을 잘 잡아야만 위태롭지 않고 아름다운 균형을 유지할 수 있다. 사랑이라는 감정이 차가운 거리가 아닌 따뜻한 온기로 이어지기 위해서는, 어쩌면 서로에게 조금의 숨 쉴 여유와 공간이 필요한지도 모른다. 사랑은 채움의 미학이 아니라, 비움의 지혜 속에서 더욱 깊어진다.

고대부터 유교는 인간관계에 있어 '예(禮)'를 지극히 중시했다. 이 '예'는 결코 딱딱한 형식이나 권위주의적인 제도를 의미하지 않는다. 오히려 서로의 존재를 존중하고, 각자의 영역을 침범하지 않으려는 배려에서 비롯된 '건강한 거리감'의 지혜를 담고 있다. 지나치게 상대방에게 다가가 통제하려 들거나, 자신의 방식으로 억지로 채우려 하는 마음이 오히려 관계의 친밀함을 해칠 수 있다. 관계를 유지하는 깊이 있는 지혜는, 그 안에서 우리가 진정으로 품어야 할 것은 다름 아닌 '비움'이다. 이것은 억지로 상대를 변화시키려 하거나 자신의 방식을 고집하는 마음, 그리고 상대방에 대한 과도한 희망을 내려놓는 지혜로운 태도를 의미한다. 텅 비어 있는 공간이 새로운 것을 채울 수 있듯, 관계 속에 신선한 공기를 불어 넣는 창조적인 행위이다.

이 '비움'은 단순히 상대방에게 마음을 닫거나, 무심하게 아무것도 신경 쓰지 않는 무관심과는 확연히 다르다. 무관심은 관계를 단절시키고 소통을 가로막는 견고한 벽이 되지만, 진정한 의미의 비움은 오히려 관계를 풍요롭게 만드는 '여백'에 가깝다. 마치 명화가 적절한 여백을 통해 더욱 깊이 있는 울림과 미학을 선사하듯이, 관계 속에서 만들어지는 이 섬세한 여백은 더할 나위 없이 중요한 의미를 지닌다. 이 '여백'이야말로 상대방이 자기 본연의 모습 그대로 존재하고, 자유롭게 숨 쉴 수 있는 공간을 제공하는 세심한 배려이다. 상대방이 자기 생각과 감정을 온전히 펼칠 수 있도록 굳건한 믿음과 존중으로 공간을 마련해 주는 것이다. 이는 사랑하는 사람에게 줄 수 있는 따뜻한 형태의 보살핌이며, 상대방을 주체적인 인격체로 인정하는 숭고한 행위이다.

현대 심리학에서는 인간관계에서의 적절한 거리 유지를 '개인적 경계'라는 개념으로 설명한다. 이는 자신과 타인 사이의 심리적, 정서적, 신체적 한계를 명확하게 설정하고 지키는 것으로, 건강하고 성숙한 관계를 위한 핵심 요소로 여겨진다. 자기 존중감을 온전히 지키기 위해서는 이러한 경계를 명확히 인식하고, 스스로 이를 지키려는 능력이 필요하다고 강조한다. 이 경계가 무너질 때, 우리는 타인의 감정이나 과도한 요구에 쉽게 압도되거나, 반대로 스스로를 고립 속으로 밀어 넣기도 한다. 관계의 경계는 철벽처럼 단단하기보다는, 적절히 유연하여 서로에게 다가서고 물러설 수 있는 안전한 울타리와 같다.

한 심리학자는 '관계의 건강함은 거리의 조율에서 온다'는 통찰을 제시했다. 여기서 '거리'는 단순히 물리적인 공간만을 의미하는 것이 아니다. 그것은 타인과의 관계 속에서 우리의 마음이 유지해야 할 섬세한 간격을 뜻한다. 다른 사람을 진심으로 위하고 사랑할수록, 그 사람의 고유한 생각과 존재 방식을 존중하고 인정할 줄 알아야 한다. 함께 같은 공간에 있으면서도 서로의 내적 세계를 무례하게 침범하지 않는 기술, 바로 그것이 성숙한 관계에서 발현되는 지혜로운 거리감이다. 사랑한다는 이유만으로 상대방의 삶에 끝없이 개입하고 통제하려는 유혹을 우리는 단호히 이겨내야 한다고 그는 말한다. 때로 사랑은 개입이 아니라, 침묵하는 관찰과 조용한 지지 속에서 더 깊어지는 법이다.

최근 한 매체에 따르면, 이혼 상담 급증의 주요 원인 중 하나로 '관계 피로감'이 지목되었다. 특히 중장년 부부간의 사이가 좋지 않은 경우, 상대가 "너무 가까이 있는 것이 힘들다"는 이유로 관계를 정리하는 경우가 많았다고 한다. 코로나 팬데믹 이후 가족들이 한 공간에서 함께 보내는 시간이 급격히 길어지면서, '공간 없는 사랑'이 오히려 관계를 야금야금 갉아먹기 시작한 것이다.

이 가슴 아픈 사례는 우리에게 본질적인 질문을 던진다. 정말로 물리적으로 가까이 있다는 이유만으로 서로를 진정으로 사랑하고 있는가? 어떤 학생이 너무 친해지고 싶었던 친구에게 무한정 다가섰다가 거절당하고 힘들어했다는 이야기도 떠오른다. 학생이 힘들어하는 이유는 단순히 거절당한 슬픔 때문만은 아니었다. 그 아이는 친구를 깊이 좋아했지만, 그 관계 속에서 적절한 거리감의 중요성을 깨달았기 때문이었다. 너무 가까이 다가서려던 자신의 미숙함을 뒤늦게 후회했다.

'가깝다'는 것은 서로를 명확히 바라볼 수 있는 안전한 거리에 있다는 뜻이다. 너무 가까이 밀착되면 오히려 상대방의 진정한 모습이나 표정을 온전히 볼 수 없게 된다. 오히려 사랑하는 사람의 눈빛과 미묘한 표정을 읽어내기 위해 한 걸음 물러서야 한다. 그것은 상대를 외면하는 행위가 아니라, 오히려 상대에게 더 집중하기 위한 배려이다. 사랑은 때로 거리를 두는 섬세한 훈련이며, 거리란 무작정 상대를 떠나는 것이 아니라, 오히려 상대 곁에 오래도록 머무를 수 있는 현명한 방식이다.

작가 마르그리트 뒤라스는 "절실한 사랑은 침묵 속에서 자란다"고 고백했다. 단순히 상대의 곁을 떠나는 것이 아니라, 그 사람이 스스로 마음의 문을 열고 말을 꺼낼 때까지 기다릴 수 있는 용기와 신뢰를 의미한다. 침묵을 관계가 소원해지는 불길한 신호라고 섣불리 단정 짓곤 한다. 하지만 진정으로 좋은 관계는 오히려 이것을 온전히 이해하고 품어낼 줄 알아야 한다. 말하지 않아도 서로의 마음이 통하고, 서로의 존재만으로도 충만해지는 고요한 시간이 쌓일수록 관계는 오히려 더 깊고 견고해진다.

관계에서의 거리감은 회피나 방치가 아니다. 그것은 상대를 이해하려는 기술이며, 사랑의 품격을 지켜내는 숭고한 행위이다. 관계가 멀어질까 두려워 무작정 상대방을 붙들었던 순간들보다, 한 걸음 떨어져 상대방의 진정한 모습을 오롯이 바라보았던 순간들이 훨씬 더 오랫동안 마음에 남아 관계의 깊이를 더한다는 것을 깨달아야 한다. 우리는 가까이 있으면서도 서로에게 신뢰를 보내며 침묵할 수 있는 용기를 배워야 한다. 그것이야말로 사람과 사람 사이의 깊이 있는 예(禮)다. 나 자신을 잃지 않으면서도, 당신을 진정으로 존중하고 온전히 품을 수 있는 적절한 거리에 있어야 한다. 사랑은 바로 그 견고한 거리에서, 흔들림 없이 피어난다. 서로의 경계를 존중하며 자유를 허용하는 사랑이야말로 위대하고 아름다운 사랑이다.

말하지 않아도 전해지는 것

말은 짧고 마음은 길다
마음이 먼저 도착하면 말은 따라오지 못한다
그럴 땐 침묵이 대신 말을 건넨다

우리는 자주 말을 전해 무엇인가를 확인하고 소통하려 애쓴다. 그러나 어떤 감정은 말로 다 표현하기에는 너무나 깊고 광활하여, 언어의 한계를 쉽게 넘어서는 경우가 많다. 말로는 도저히 다 담아낼 수 없는 마음은 때때로 침묵이라는 언어로 타인에게 고스란히 전해진다. 마치 물속에 던져진 돌멩이처럼 소리 없이 파문을 일으키며 마음과 마음을 연결하는 것이다.

한 연구 결과는 이를 뒷받침하고 있다. 환자와 간호인들을 대상으로 한 조사에서, 간호인과 환자 간의 언어적 대화도 물론 중요했지만, 간호인이 환자의 손을 가만히 잡아주며 안정감을 느끼게 하는 비언어적 접촉이 매우 의미 있는 치료 효과를 가진다고 한다. 실제로 삶의 어려운 상황에 부닥쳤을 때, 따뜻한 위로의 말 한마디에서 힘을 얻기도 하지만, 때로는 사랑하는 가족이나 믿음직한 지인이 그저 곁에 있어 준다는 사실만으로도 평안과 위로를 얻는다. 언어는 우리에게 위로와 소통의 수단이 되지만, 침묵 속의 존재는 그 자체로 위로이자 사랑의 표현이 된다.

불교 경전에는 석가모니 부처님이 제자들에게 아무런 말 없이 연꽃 한 송이를 들어 보였을 때, 오직 마하가섭 존자만이 그 진정한 의미를 깨닫고 미소를 지었다는 아름다운 이야기가 전해진다. 이것이 바로 '염화미소(拈華微笑)', 즉 마음에서 마음으로 전해지는 이심전심(以心傳心)의 순간이었다. 세존은 그 한 송이 연꽃과 가섭의 미소 하나로 말로서는 도저히 설명할 수 없는 진리를 전했다. 언어로 담아낼 수 없는 마음과 헤아릴 수 없는 깨달음이 분명히 존재하는 것이다. 긴 말로 설명하지 않아도, 그저 말없이 서로를 깊이 바라보다 함께 미소 지을 수 있다면, 이미 그 마음은 충분히 전해진다고 믿는다. 설명 없이도 모든 것을 알 수 있는 관계는 서로에게 순수함과 진심을 전달한 셈이 된다.

철학자 루트비히 비트겐슈타인은 "말할 수 없는 것은 침묵해야 한다"라고 말했다. 이 문장은 세상을 향한 냉엄한 윤리적 명령이라기보다는, 인간적 이해의 근본적인 한계를 통찰하는 메시지를 담고 있다. 모든 것을 말로 표현하려는 시도 자체가 오히려 진실을 왜곡하거나 훼손할 수 있다는 지적이다. 오히려 언어가 감당할 수 없는 깊이와 폭을 지닌 감정일수록 침묵 속에서 더 큰 울림을 가진다. 때로는 말을 하지 않는 것이 진실하고 정확한 소통 방식이 된다.

현대의 사회는 '말'과 '속도'에 집착하는 경향이 있다. 즉각적인 응답과 실시간 반응을 통해 관계가 유지되는 시대에 살고 있다. 그러나 그 맹목적인 속도 속에서 때로 극심한 관계 피로감을 느끼며, 진정한 소통의 의미를 잃어가곤 한다. SNS에서조차 상대방이 '읽고도 답장하지 않는' 것을 서운해하고, '사랑한다면 표현해야 한다'는 식의 강박에 시달린다. 그러나 말을 아낀다는 것은 결코 감정을 숨긴다는 뜻이 아니다. 오히려 그것은 감정이 너무나 깊고 넓어, 얕은 그릇 속에 그 거대한 의미를 다 담아낼 수 없다는 절절한 고백일 수 있다. 고요히 상대를 바라보는 시선, 아무 말 없이 곁을 지키는 존재감, 이 모든 것이 언어보다 더 감동적인 하나의 고유한 언어이다. 관계는 표면적인 말보다 믿음으로 견고해지며, 신뢰는 화려한 설명보다 오랜 세월을 통해 쌓이는 분위기와 존재 자체로 전달된다. 말하지 않아도 서로를 깊이 이해하고 알 수 있는 관계는 오랜 시간과 진심 어린 만남을 통해 쌓은 굳건한 신뢰의 결과이다. 언어로 설명하지 않아도 마음 깊이 받아들여지는 감정은 함께 지나온 수많은 시간의 생생한 증거다.

기독교의 성경에서 부활하신 예수는 엠마오로 향하는 제자들과 함께 걸었다. 제자들의 슬픔을 캐묻지도 않았고, 자신이 누구인지 성급하게 밝히지도 않았다. 그러나 제자들은 함께 걸으며 나누는 따스한 발걸음 속에서, 그리고 함께 식탁에 앉아 빵을 떼는 지극히 평범한 순간, "마음이 뜨거워졌다"라고 고백했다. 그 뜨거움은 몸짓과 인내의 시간, 그리고 온화한 시선 속에서 전달된 진심이었고, 결국 그들의 마음을 감동시켰다. 믿음도 때로는, 요란한 말보다 고요한 존재와 행동 속에서 더 깊이 전해진다.

　말하지 않아도 전해지는 마음은 결코 단번에 만들어지지 않는다. 오랜 만남 속에서 쌓이는 진심과 신뢰를 통해 서로를 깊이 알게 될 때 비로소 가능해진다. 사랑하는 사람에게 섭섭함을 느꼈을 때, 꼭 그 마음을 즉각적으로 확인하고 따져 물으며 다투지 않아도 될 때가 있다. 어쩌면 그 사람 역시 같은 마음으로 힘들어하고 있을지 모른다는 믿음, 말하지 않아도 전해지는 그 생각이야말로 관계성의 단단한 근원이 된다. 중국 송대의 시인 소식이 형을 잃고 짧고 절제된 구절로 슬픔을 표현했듯이 침묵 속에서 더욱 크고 숭고한 울림을 가지게 된다.

　처음에는 그저 어렴풋이 마음에 다가왔던 그 진심들이 시간이 흐르고 경험이 쌓이면서 우리의 인생 전체를 관통하는 전부였음을 나중에야 비로소 알게 된다. 침묵은 단순한 소리의 부재가 아니다. 그것은 수많은 언어가 미처 담아내지 못하는 마음의 마지막 언어이며, 또한 순수하고 견고한 형태의 표현이다. 그 고요함에서 우리는 비로소 말로는 다 전할 수 없었던 수많은 이야기들을 듣는다.

　이렇듯, 조용한 관계는 단순한 공백이 아니라, 마음과 마음을 연결하는 깊고 강인한 언어다. 때로는 애써 다듬은 화려한 말보다, 그저 곁을 지키는 존재감이 더 큰 위로와 평화를 전한다. 그렇게 드러내지 않아도 서로의 존재만으로 충만한 관계 속에서 진정한 이해와 사랑의 의미를 깨닫는다. 말하지 않아도 전해지는 마음, 그것이야말로 세월 속에서도 변치 않는 믿음의 굳건한 증거이며, 우리 삶에 영원히 울려 퍼질 아름다운 화음으로 남을 것이다. 진심은 언제나 언어의 강을 건너, 영혼의 숲에 다다른다.

05 나를 위하는 관계만 남기기

모든 손을 다 잡을 수 없다면
나를 놓지 않는 손부터 지켜야 한다
관계란 사랑보다 살아남음의 기술이고
때로는 걸러내는 용기로부터 시작된다

사람들은 누구나 세상에서 '좋은 사람'으로 기억되고 싶어 한다. 타인의 인정과 칭찬 속에서 자신의 가치를 확인하려는 본능은 어쩌면 자연스러운 것이다. 우리는 타인의 시선 속에서 길을 잃지 않기 위해, 마음과는 다르게 괜찮은 척을 자주 한다. 이미 금이 가버린 관계임을 알면서도, 그 관계의 균열을 애써 외면한 채 '예의'라는 얇은 천으로 덮어두고 어색한 대화를 이어간다. 불필요한 마음에 에너지와 감정을 소모하며 지치게 만드는 것이다.

친구에게 들은 이야기 하나가 마음에 남아 있다. 한 회사에서 누구보다 능력 있고 성실했던 직원이 장기 휴가를 다녀온 뒤, 아무런 예고 없이 사직서를 내고 홀연히 떠났다고 한다. 그의 갑작스러운 퇴사에 동료들은 모두 놀랐지만, 그의 지난 기록을 살펴보면 늘 중심에서 사람들의 부탁을 처리하고 궂은일을 도맡아 챙기던 흔적이 역력했다.

그는 누구의 부탁도 쉽게 거절하지 못했고, 타인의 감정과 짐을 홀로 짊어지며 살아왔다. 결국 그는 자신을 돌볼 여유조차 없이, 남의 삶을 대신 살아주고 있었다. 그의 사직은 어쩌면 무너져 내리는 자신을 살리기 위한 필사적인 자기애의 발현이었을 것이다.

나를 진정으로 위하는 관계란, 타인의 요구를 무작정 충족시키는 관계가 아니다. 그것은 내가 진심을 온전히 지키고, 스스로의 온전함을 잃지 않도록 돕는 관계이다. 그런 사람과 함께 있으면 마음이 가볍고 편안해지며, 그 시간이 가장 나답게 만들어준다. 그러나 요즘에는 그런 관계들이 점점 줄어들고 있는 것 같다. 대화는 많지만, 마음을 깊이 나누는 경우가 드물다. 서로를 이해하려 하기보다는 이해받고 인정받고 싶은 마음만 남아 있기 때문이다. 관계의 본질적인 목적이 희미해진 것이다.

생각해 보면, 우리는 관계 속에서 너무나도 많은 감정의 짐을 짊어지고 살아간다. 그런데 그 짐이 내 것이 아니라면, 결코 오래 들고 갈 수 없다. 남의 짐을 내 것처럼 착각하며 사는 사람들이 얼마나 많은가. 그렇게 무거운 짐을 진 채 살아가다 보면 후회가 뒤따를 수밖에 없다. 차마 하지 못해 마음속에 묻어둔 불편했던 말들을 대수롭지 않게 넘겼던 순간들, 타인의 날 선 말에 상처받았음에도 '참는 것이 미덕'이라고 자신을 애써 설득하며 묵인했던 순간들이 있다. 하지만 참는 것이 늘 미덕일 수는 없다. 때로는 자신을 지키기 위한 용기 있는 거절과 단호함이 필요하다.

가끔은 나를 지키는 일이 사랑하는 사람조차 거리를 두는 일이 되기도 한다. 그것은 차가운 이기심이 아니라, 평온과 온전함을 지키기 위한 숭고한 자기 보존의 행위이다. 모든 손을 다 잡을 수 없는 것이 우리 인간의 한계라면, 적어도 내가 위태로울 때 나를 끌어낼 줄 손만은 놓지 말아야 한다. 다정한 말을 주고받아도 마음이 무겁게 남는 관계가 있는가 하면, 아무런 말 없이 그저 곁에 있어 주는 것만으로도 위로와 편안함을 주는 사람이 있다. 그 미묘하지만 중요한 차이를 놓치지 않고 분별하는 지혜가 필요하다.

진정한 친절이란 언제나 부드럽기만 한 것은 아니다. 때로는 단호한 거절과 명확한 경계가 상대방에게 더 배려가 될 때가 있다. 결국 나를 위하는 관계란, 나를 진정으로 배려하고 존중해 주는 사람만을 곁에 남기는 것이다. 무한하고 끝없는 희생과 일방적인 이해가 아니라, 서로의 경계를 존중하고 그 자유를 지켜주는 굳건한 신뢰. 그것이야말로 성숙한 관계의 진정한 시작이다.

세상에는 여전히 관계의 숫자에 집착하는 이들이 많다. 수많은 친구 목록과 넓은 인맥이 곧 자기 능력이라 여기고 과시한다. 하지만 막상 생의 나락으로 떨어져 힘들고 지칠 때, 진심으로 연락하여 도움을 요청할 수 있는 사람은 과연 몇 명이나 될까? 내가 완전히 무너졌을 때, 어떤 조건도 없이 달려와 나를 안아줄 사람은 과연 얼마나 될까? 단 한 명이라도 진심으로 나를 아끼는 관계가 있다면, 그것으로 충분하다. 진정한 우정을 위해 기꺼이 마음을 내려놓고 배려할 수 있는 친구는 소중한 관계이다. 어쩌면 그 한 사람이 수백 명의 관계보다 훨씬 더 소중하고 값질 것이다.

예전의 블로그에서 읽었던 이야기가 떠오른다. 그는 퇴근 시간마다 늘 늦게까지 남아 회식을 챙기고, 상사나 동료들의 부탁을 좀처럼 거절하지 못하는 성격이었다고 한다. 그렇게 오랫동안 자신을 돌보지 않고 타인을 위해 살아왔던 그가, 결국 건강이 악화하여 쓰러졌을 때, 수십 명의 지인 중 연락이 닿은 건 단 두 명뿐이었다고 했다. 글쓴이는 그때 깨달았다고 했다. "결국 나를 먼저 사랑하지 않으면 어떤 관계도 건강할 수 없다." 나 자신을 존중하지 못한 채 남을 위한다는 것은 착각에 불과하다. 타인을 진정으로 위한다는 허울 속에 나 자신을 버리는 행위일 뿐이다. 나를 지키고 사랑하는 일이야말로 나를 에워싼 모든 관계를 건강하게 만드는 사랑이다. 그 자기애가 담긴 관계만이 우리가 힘든 세상을 버텨낼 때, 진정으로 우리를 붙잡아 준다.

우리는 오랫동안 사회와 타인의 시선 속에서 '좋은 사람'이 되려고 너무나 많은 것을 허락해왔다. 그러나 이제는 모든 감정을 무작정 끌어안고 희생하기보다, 더 이상 스스로를 아프게 하지 않기 위해 건강한 거리를 둘 줄 알아야 한다. 이대로의 나를 존중하고 받아들일 줄 아는 사람만이 결국 우리 곁에 남아 진정한 관계를 만들어 갈 수 있다는 것을 깨달아야 한다.

삶의 여정은 수많은 관계 속에서 방황하며 결국 나만의 길을 찾아가는 고독한 과정이다. 때로는 타인의 기대를 맞추느라 지쳐 쓰러질 때도 있지만, 나를 위하는 것은 외부의 시선에 흔들리지 않고 내 평안과 온전함을 지키는 일임을 잊지 말아야 한다. 우리의 시간과 에너지를 건강한 관계에만 집중하여 잘 지켜낼 때, 비로소 우리의 일생은 더 단단해지고 충만해질 것이다.

질문은 어디를 향해 있는가?

어떤 질문을 품었는가가
삶의 길을 정한다
우리가 걷는 이 모든 길도
사실은 오래전
하나의 질문에서 시작되었다

삶은 마치 드넓은 미로와 같다. 우리는 이 미로 속에서 답을 찾기 위해 끊임없이 헤매지만, 진정한 해답은 질문하는 순간 시작되는지도 모른다. 질문은 우리를 가만두지 않는다. 미처 생각지 못했던 진실과 마주할 때, 혹은 자신의 부족함을 깨달을 때 느끼는 아픔이다. 하지만 고통 없이는 삶을 온전히 내면화하고, 오롯이 나만의 것으로 만들 수 없다. 질문은 타인의 지도가 아닌, 내 안의 나침반을 발견하게 하는 첫걸음이다.

독일 철학자 마르틴 하이데거는 "존재는 물음을 통해 비로소 드러난다"는 의미를 남겼다. 처음에는 그 난해한 문장이 머릿속에서 낯설게만 맴돌았다. '묻는다는 것이 어떻게 존재를 드러낸다는 것일까?' 하는 의문이 있었다. 그러나 사회를 살아가면서 그 문장이 지닌 진실을 조금씩 이해할 수 있었다.

우리의 인생은 결국 '어떤 의문을 품는가'에 따라 전혀 다른 궤적을 그린다. 밤을 지새우게 만드는, 마치 존재의 뿌리까지 흔드는 물음들이 있다. '나는 지금 어디로 향하고 있는가?', '내가 지금 내리는 이 선택은 내 삶의 진실을 담고 있는가?', '나는 무엇을 붙잡고 이 길을 계속 걸어가야 하는가?' 이런 자문이 없다면, 아마도 타인이 정해준 길, 세상이 제시하는 뻔한 길을 무의식적으로 따라가며 스스로 삶의 주인이 되지 못한 채 부유했을 것이다. 질문은 수동적인 존재가 아니라 능동적인 주체로 살아가라는 영혼의 부름이다.

현대 기술의 눈부신 진보 또한 본질적으로는 같은 과정을 거쳐왔다. 단 하나의 날카로운 질문이 인류의 역사를 바꿔 놓기도 한다. 예를 들어, 세계적인 자동차 기업 포드가 붉은 석양이 드리운 마이애미 거리에서 자율주행 실험을 시작하면서 스스로에게 던졌던 근원적인 물음이 있다. '우리는 사람들에게 필요한 것을 만들고 있는가?' 이 고민은 단순히 더 빠르고 효율적인 자동차를 개발하는 데 그치지 않았다. 삶의 방식 자체를 다시 바라보고, 미래 사회가 어떤 모습이어야 하는지에 대한 성찰로 이어졌다. 그 작은 물음 하나가 도시의 풍경과 우리의 일상을 혁명적으로 바꿔 놓았다.

구글 또한 다르지 않았다. 그들은 새로운 기술을 내놓기 전에, 늘 자신에게 되묻는 과정을 거쳤다. '우리가 이 시도를 하는 근본적인 이유는 무엇인가?' 그 답을 찾는 과정에서 드론 배송은 단순한 기술 실

힘을 넘어, 아이스크림을 받고 환하게 웃는 아이의 순수한 미소와, 작은 식당 주인의 소박한 소망을 현실로 실현하는 도구가 되었다. 추상적인 사유는 곧 구체적인 방향이 되고, 그 명확한 방향은 누구도 상상하지 못했던 새로운 미래를 만든다.

나의 길 또한 이들과 다르지 않았다. 글을 쓰는 삶은 태어나면서부터 운명처럼 정해진 길이 아니었다. 오히려 수많은 갈림길 앞에서 불안해하고 주저했던 시간이 있었다. 그때마다 내 마음을 굳건히 붙잡은 것은 늘 성찰이었다. '나는 정말 이 길을 간절히 원하는가?', '나의 글로 누군가에게 진정으로 의미 있는 문장을 전할 수 있을까?' 이런 솔직하고 용기 있는 물음들이 나의 손끝을 움직였고, 지역 문학회의 작은 활동에서부터 시집 출간, 교육 서적의 집필, 그리고 강연회에 이르기까지 새로운 길을 열어주었다. 시작할 때는 목적지가 명확히 어디인지 알 수 없었지만, 이 길을 향한 나의 마음과 방향만은 분명했다. 그리고 그 방향은 차츰 희미한 발자국들이 모여 길이 되어 나를 이끌었다.

괴테는 그의 자서전 『시와 진실』에서 시간을 달리는 인간의 운명을 이렇게 표현했다. "보이지 않는 정령들의 채찍질을 받듯, 시간이라는 말이 우리 운명의 수레를 쉬지 않고 끌고 간다." 그는 여기서 멈추지 않고, 용기 있는 사람은 스스로 고삐를 붙들고 험한 길을 피해 달려야 한다고 했다. 그 구절에는 '나는 누구인가? 나는 어떤 길을 가야 하는가?'라는 자문이 짙게 배어 있다. 결국, 자신에게 묻지 않는 생은 길을 잃을 수밖에 없다. 눈앞의 일에만 급급하여 왜 거기에 서 있는지조차 잊고 무심하게 따라간다.

그러나 본인에게 던지는 성찰이 진실할수록 삶은 더욱 또렷해지고, 서 있는 자리 또한 더욱 명확해진다. 이 성찰의 과정은 단지 나만의 것이 아니라, 타인과의 대화와 교류 속에서 지혜를 얻으며 풍요롭게 확장되는 귀한 경험이다. 삶은 선택의 연속이고, 매 순간의 선택을 이끄는 힘은 결국 내 안의 작은 성찰에서 비롯된다. 그 성찰이 오늘의 작은 발걸음을 바꾸고, 나아가 내일의 풍경을 완전히 새롭게 만들어갈 것이다. 그러니 당신은 지금 무엇을 향해 마음을 기울이고 있는가?

우리가 삶의 고비마다 던지는 성찰 하나하나는 그 문장의 쉼표이자 새로운 단락을 시작하는 계기가 된다. 중요한 것은 언제나 '정답'이 아니라 '탐색의 과정'임을 잊지 말아야 한다. 완벽한 답을 찾으려 집착하는 순간, 삶은 오히려 굳어지고 흐름을 잃을 수 있다. 그러나 불완전함을 있는 그대로 받아들이고, 끝없이 되묻는 과정을 용기 있게 살아낼 때 우리는 조금씩 자기만의 길을 발견하고 개척해 나갈 수 있다.

철학자 칼 야스퍼스는 인간을 '한계 상황에 부딪히는 존재'라고 정의했다. 실패, 상실, 고독, 죽음 같은 인간으로서 벗어날 수 없는 근본적인 한계 상황 앞에서 비로소 인생의 진정한 의미를 찾아 자신에게 질문을 던진다. 그때의 성찰은 단순한 지적 호기심을 넘어, 살아 있다는 사실 자체를 새롭게 느끼게 하고, 존재의 깊이를 더한다. 결국 우리를 단단하게 세우는 힘은 외부의 화려한 성취나 타인의 찬사가 아니라, 한계 속에서 던져지는 물음에서 비롯된다.

우리 시대는 빠르다. 스마트폰의 알림, 쉴 새 없이 쏟아지는 뉴스와 정보의 홍수, 그리고 즉각적인 결과와 효율을 요구하는 사회의 압력 속에서, 잠시 멈추어 자기 생각에 귀 기울이는 시간은 점점 사라진다. 하지만 오히려 이럴 때일수록 '생각의 속도'를 의도적으로 늦추어야 한다. 멈춤과 고요는 결코 공허가 아니다. 그것은 새로운 사유와 통찰이 태어나는 비옥한 공간이다.

인생의 의미는 거대한 깨달음이나 영웅적인 업적 속에서만 오는 것이 아니다. 오히려 지극히 작고 평범한 일상의 순간 속에서 피어난다. 밤하늘의 무수한 별빛을 올려다보며 우리는 다시금 자신에게 묻는다. '나는 무엇을 소중히 여기고 있는가?' 그 솔직한 답이 삶의 흔들리는 균형을 잡아주고, 예측 불가능한 상황 속에서도 나아갈 수 있는 굳건한 힘을 준다.

앞으로 우리가 걸어갈 길이 어디로 이어질지는 아무도 알 수 없다. 그러나 '알 수 없음'은 결코 두려움이 아니다. 그것은 무한한 가능성과 기회의 또 다른 이름이다. 불확실성 속에서 용기 있게 묻고, 치열하게 고민하고, 때로는 고통스럽게 선택하며 나아가는 순간, 우리는 비로소 각자의 길을 만들고 개척해 나간다. 언젠가 뒤돌아보았을 때,

지금의 수많은 흔들림과 머뭇거림조차도 우리의 발자국이 되어 있을 것이다. 그 모든 질문이 결국 우리를 빛나는 존재로 만들어줄 것이다.

Chapter 4

하루를 지켜낸 날들
평범한 날들 속의 기적

01 아무 일도 없던 날

조용히 지나간 하루가

가장 오래 남는다

말없이 건넨 온기처럼

아무 일도 없던 날의 기적이

나를 지켜준다

오늘은 뜨거운 커피 한 잔으로 시작된 평범한 일상의 연속이었다. 수업할 자료를 정리하며 아이들과 나눌 지식을 다듬었고, 세상의 대화 속 언어들을 무심히 흘려보냈다. 그렇게 흘러가는 시간 속에 몸을 맡겼을 뿐이다. 그러나 스쳐 지나간 사소한 일들에 마음을 담아냈으므로, 결코 그냥 지나간 하루가 아니었음을 알고 있다. 닥쳐온 현실 앞에서 운명을 탓하는 대신, 주어진 하루하루를 묵묵히 받아들이는 생각이야말로 진정한 무사함이겠지.

사람들은 만나면 흔히 '잘 지내고 있는지', '별일은 없었는지'를 묻는다. 그러나 그저 스쳐 지나가는 인사말 속에 얼마나 많은 기적 같은 순간들이 숨어 있는지를 우리는 자주 망각한다. 아무런 사고 없이 무사한 하루를 살아내는 일은 그저 흘려보내는 시간이 아니다. 그것

은 시간의 불확실함 속에서 우리의 마음을 지키고 내일을 향해 나아
가는 용기 있는 행위이다. 기적은 특별한 사건이나 번개처럼 찾아오
는 행운에만 있는 것이 아니다. 오히려 아무런 일도 일어나지 않은 채
지나간 일상에 숭고한 기적이 숨어 있다. 말없이 건넨 온기처럼, 아무
일도 없던 날의 그 평온함이 때로는 거센 폭풍 속에서 나를 지켜주
는 든든한 방패가 되어준다.

기쁨은 찰나에 지나가고, 아쉬움은 오랫동안 마음을 맴돈다고 말
한다. 사랑하는 사람과 이별이 아무런 예고 없이 문을 두드리기도 한
다. 지금, 이 순간에도 중환자실 앞을 오가며 힘든 시간을 견뎌내는
사람들이 있다. 그들은 직장에서 퇴근한 후 지친 몸을 이끌고 병원에
누워 계신 부모님의 새벽 병간호를 이어가고, 어떤 이는 병원 대기실
의 차가운 의자에서 계절이 몇 번이나 바뀌는 것을 목격하기도 한다.
그들의 삶은 겉으로 드러나지 않는 비극이자, 동시에 숭고한 사랑의
증언이다.

아버지의 마지막 몇 해가 그러했다. 병원에서 위중한 진단을 받으시
던 날, 의사의 설명은 분명했지만 내 귀에는 아무런 소리도 닿지 않
았다. 세상의 모든 소리가 차단된 듯, 오직 아버지와 나만이 그 공간
에 존재하는 듯했다. 아버지가 먼저 지그시 바라보며 나지막이 말씀
하셨다. "지나가는 것보다 너희들을 위해 조금 더 지키고자 하는 것
이 있다. 세상은 안전하지 않고, 그것을 내가 살아 있는 동안 돕고 싶
구나." 그 말씀 속에는 전쟁과 재앙에 대한 공포가 배어 있었다. 어쩌

면 6.25 전쟁을 온몸으로 겪어내신 세대로서, 그 두려움은 지극히 당연한 생각이었을 것이다. 아버지의 마지막까지 가족을 위한 굳건한 책임감이 고스란히 전해져 왔다. 분명한 것은, 육체의 고통을 초월하는 삶에 대한 의지와 가족을 향한 뜨거운 책임이 그 모든 순간을 지배하고 있었다는 사실이다.

우리는 매일 새벽마다 서울의 큰 병원을 향해 기차를 탔다. 치료 과정은 예측 불가능했고, 아버지와 우리 모두에게 고되고 험난한 여정이었다. 그러나 각자의 자리에서 하루하루를 다해 견뎌냈다. 병실에서는 굳이 말로 하지 않아도 마음속으로 대화를 나누었고, 그것만으로도 충분했다. 언어가 닿지 않는 영혼의 소통이 우리를 하나로 묶어주었다. 결국 병세가 급격히 악화하였고, 아버지는 그해 가을을 넘기지 못하셨다. 지금도 내 마음속 깊이, 병실에 계셨던 아버지의 따뜻한 손을 잊을 수 없다. 손끝의 그 작고 섬세한 온기 하나가, 어떤 화려한 말보다 깊은 위로와 평안하게 해주었기 때문이다. 그 당시를 돌이켜보면, 지금처럼 흘러가는 하루가 얼마나 큰 행복이고 축복인지를 비로소 알게 해준다.

유명한 코미디언 찰리 채플린은 "웃지 않은 날은 그냥 잃어버린 날이었다."라고 말했다고 한다. 그의 말처럼, 단 한 번이라도 마음껏 웃었다는 사실 하나만으로도 충분히 의미 있고 가치 있게 빛날 수 있다. 하루를 아무런 사고 없이 평온하게 지나가려면, 어쩌면 나 자신이 누군가게게 믿음을 줄 수 있는 사람이 되어야 할 것이다. 말이 없어

도 마음은 전해지고, 그 속에서도 다정함은 흐르는 법이다. 어떤 날
은 가만히 바라봐주는 따뜻한 시선 하나가 흔들리는 마음을 붙잡아
주는 힘이 되기도 한다.

　숨결처럼 흘러가는 우리의 일상은, 타인의 조심스러운 배려에서 시
작되고, 함께 사는 가족의 말 없는 손끝에서 깊어진다. 오늘 아무런
일 없이 고요히 흘러갔다면, 그것은 단지 운이 좋았던 것만이 아니
다. 어쩌면 우리가 미처 인지하지 못하는 수많은 다정한 배려와 관심
이, 보이지 않는 곳에서 조용히 떠받치고 있었기 때문일 것이다. 매일
의 평온함 속에는 그런 따뜻하고 다정한 존재들이 늘 우리와 함께하
고 있다는 것이다. 그들의 말 없는 사랑이 우리를 지켜주고, 우리는
그 안에서 조용히 평화를 얻는다. 기적은 멀리 있는 것이 아니라, 바
로 이 '아무 일도 없던 날' 속에 숨겨져 있는 것이다.

02 하루를 지켜낸 날들

그 고요함 속에

아침의 햇살을 스치며

긴 밤을 지나

하루가 또 시작된다

어느 날 석양이 저물어 가는 날에 문득 이런 생각이 들었다. '하루를 잘 견뎌냈다는 사실이 이렇게 소중한 일인가?' 우린 자극에 익숙해졌고, 끊임없이 사건이 일어나는 세계에서 살고 있다. 이런 가운데 아무 일도 일어나지 않는 하루가 이토록 간절한 소망이었다는 것을 나는 생각하게 된다. 크게 웃을 일도 없이 그저 조용히 보내는 일상이 얼마나 기적에 가까운지 다시금 돌아보게 되었다.

서울의 한 아파트에서 벌어진 사고를 뉴스에서 본 적이 있다. 주말에 한 여성은 평범한 하루를 보내고 있었다. 하지만 갑작스러운 집안의 화재로 인해 그녀의 일생에서 결코 잊을 수 없는 비극적인 날이 되고 만다. 그녀는 중상을 입고 몇 차례의 수술을 거듭하는 고통 속에서 기적적으로 살아난다. 하지만 사랑하는 가족을 잃는 불행한 사실을 인정할 수 없어 오래도록 괴로워한다. 불길 속에서 가까스로 살아남은 그녀는 몇 년을 방황하지만, 이내 또 다른 고통에서 어려움을 겪는 사람들에게 봉사하며 여생을 살기로 다짐했다는 소식을 접한다. 이후의 삶은 다시 고요한 평온이 찾아오고, 살아야 할 이유를 조금씩 깨닫고 있다고 그녀는 말한다. 그러나 그녀는 몇 번이나 화재가 일어나기 전으로 시간을 원래대로 되돌려 놓았으면 하는 생각을 수도 없이 했다고 고백한다. 큰 사건을 겪은 후에야 평온한 일상이 얼마나 큰 축복이었는지를 되새기는 울림이다.

아침부터 이유 없이 온몸이 무거워지는 날이 있다. 말로 설명할 수 없는 피로와 질병은 사람을 힘들고 고독하게 만든다. 우리는 미래의 소망과 함께 다가오는 아픔을 감내하며 살아간다. 어떤 날은 거창한 다짐도 없이 그저 오늘 하루가 무사히 지나가기를 간절히 바랄 뿐이다.

코로나19로 모든 것이 흔들리던 시기에 한 병원의 간호사는 당시를 "매일 견디는 일이었다"라고 말한다. 처음에는 코로나로 인한 알 수 없는 불안함이 밀려들었다. 실제로 많은 사람이 병원에서 치료받거나, 치료 도중에 병세가 악화하여 사망하는 때도 있었다. 간호사인 그녀는 마스크를 쓰고 매일의 고된 일정을 보내고 있었다. 감염자가 늘고 코로나19를 치료하는 약이 나오기 전까지는 불안함의 연속이었다. 그녀는 매일 내일은 오늘보다 더 나은 날이었으면 좋겠다며 기도했다고 한다. 특별한 일을 한 것이 아니었으나, 그녀의 말에는 하루하루가 기적처럼 느껴지는 감정이 담겨 있었다. 그것은 고된 일상을 살아낸 사람만이 가질 수 있는 감정이다.

우리는 모두 자기만의 하루를 산다. 큰일이 아니더라도 충분히 버거울 수 있다. 그렇기에 가까운 사람들에게 더 배려하고 다정해야 할 이유가 존재한다. 지나고 보면 아무 일 없다는 사실이 실은 더 위태로운 하루였는지를 알게 되는 때도 있을 것이다. 수없이 많은 순간을 지나고 직접 겪고 나서야 나는 이 말을 이해하게 된다. "괜찮아?"라는 말에는 단순한 인사 이상의 마음이 담겨 있다. 그것은 가슴에 묻어두었던 마음의 무게를 함께 나누고 싶다는 의미이기도 하다. 가끔은 거창한 희망이 아니라, '오늘도 잘 살아냈다'는 하루 끝의 한숨이 나를 구해낸다. 그 한숨은 포기와 체념의 표시가 아니라, 끝까지 버텨낸 사람만이 내쉴 수 있는 조용한 승리의 숨결이다.

어떤 때는 나 자신을 굳게 붙들어야 할 순간이 찾아온다. 또 어떤 날은 내가 누군가에게 조용한 위로가 되어주어야 할 때가 있다. 오늘이 아무 일 없이 지나갔다면, 그것은 정말로 잘해낸 하루다. 평온한 날을 보내는 일은 절대 평범하지 않다는 것을 잊지 말아야 한다. 우리에게는 언제나 간절했던 소망이고, 무너지지 않기를 바랐던 진심이다.

살아가면서 드러내지 못한 마음의 상처를 품고도 다시 인내하며 살아났다는 사실 하나만으로 충분하다. 그 무엇보다도 평화롭고 평온한 일상이 다시 찾아오기를 간절히 바란다. 그것은 단순히 조용한 상황만을 말하는 것이 아니다. 마음속 상처를 껴안고도 자신을 잃지 않는 내면의 강인함을 의미하기도 한다. 아무 일도 일어나지 않은 듯 보이는 일상이 사실은 수많은 감정과 싸워낸 치열한 시간이었음을 이해할 필요가 있다.

　이러한 작은 순간들이 모여 우리를 굳건히 세우는 삶이 되었고, 이런 가운데 희미하지만 분명한 희망이 내일을 기다린다. 오늘도 어김없이 해는 졌지만, 어려움을 극복했다는 사실이 무엇보다 중요하다. 우리는 단순하게 살아간다고 생각하지만, 기쁨 속에서도 인내를 수반하는 일이 병행된다. 그것을 끈기 있게 극복하며 살아가는 자신에게 손뼉을 쳐줄 만하다. 끝까지 버텨낸 마음은 언젠가 다른 사람의 어둠을 밝혀줄 조용한 등불이 되어 있을 것이다.

그냥 지나가는 하루는 없다

저무는 하루가

마지막 노을인 듯

내 어깨를 두드린다

하루는 결코 단순히 숨만 쉬며 흘러가는 시간이 아니다. 사랑을 뒤로 미루고 망설였던 순간들이 남긴 후회가 때로는 삶의 모든 영광을 압도할 만큼 크고 아프다. 돌아보면, 마치 마지막인 것처럼 찾아왔던 날들은 늘 아무런 예고 없이 뜻밖에 들이닥쳤다. 그리고 그 순간을 붙잡지 못한 우리는 뒤늦게 '내가 왜 그렇게 말했을까? 조금만 더 따뜻하게 안아줄걸' 하는 질문 앞에서 무릎을 꿇곤 했다.

이런 후회들은 지나간 하루가 말없이 우리에게 남긴 선명한 잔상이다. 삶은 참으로 역설적이다. 항상 지나간 후에야 비로소 그 순간의 소중함과 아름다움을 깨닫고 후회한다. 그렇다면 '오늘을 마지막처럼 산다'라는 것은 어떤 의미일까? 그것은 미래를 계획하지 않거나 현재만을 쫓아 방탕하게 산다는 뜻이 아니다. 바로 지금, 이 순간에 온 마음을 다해 진심으로 몰입하고, 내가 마주하는 모든 존재에게 뜨거운 온기를 전하는 자세일 것이다. 그렇게 하루를 그냥 보내지 않고 진심으로 마주할 때, 삶은 어느새 스스로 의미와 빛깔을 띠게 된다. 지나가는 바람조차 그 속에서 새로운 이야기를 찾아낼 만큼 말이다.

공자는 "아침에 도를 들으면 저녁에 죽어도 좋다"고 말했다. 때로는 아무런 의욕 없이 무기력하게 흘러가는 하루도 있고, 또 어떤 하루는 이유 없이 허전함과 공허함에 휩싸이기도 한다. 그러나 그 모든 이면에 분명히 '도(道)', 즉 삶의 진리가 숨어 있다. 모든 순간 속에 삶은 조용하면서도 명확한 목소리로 말을 건넨다. 여기서 '도'를 듣는다는 것은 거창하고 난해한 진리를 단번에 깨닫는 것이 아닐 것이다. 그것은 내 안의 조용한 떨림, 내 마음속 깊이 속삭이는 양심의 소리, 혹은 삶이 우리에게 보내는 미묘한 신호들을 알아차리는 일 아닐까? 그 하루에 단 하나의 작은 배움이라도 있었다면, 그것은 결코 헛되거나 잃어버린 날이 아니다. 우리의 삶은 매일의 작고 조용한 깨달음으로 채워지는, 그렇게 조금씩 완성되어 가는 아름다운 여정인지도 모른다.

때로는 지치고 힘겨워 말 한마디 건네는 것조차 버거운 날이 있다. 세상의 모든 언어가 무의미하게 느껴지는 고독의 순간, 그러나 내 안에서는 조용히, 그리고 굳건하게 하나의 목소리가 울려 퍼진다. '타인의 하루를 밝혀주는 등불이 되자.' 이 마음으로 오늘을 살아낸다면, 나의 작은 존재가 다른 사람의 삶에 작지만 따뜻한 불빛이 될 수 있다면 그것만으로 충분하다고 자신을 위로하고 다독인다. 그런 깨달음은 팍팍한 삶의 현실 속에서도 우리를 포기하지 않게 하는 굳건한 동기가 된다.

두 사람의 부음이 있었다. 한 분은 한 나라를 세계의 무대로 이끈 정치인이었고, 다른 한 분은 작은 기업을 이끌며 지역 사회의 등불처럼 살아온 향토 기업인이었다. 한 사람은 거대한 도시 국가의 운명을 책임졌고, 다른 한 사람은 한 지역 공동체의 삶을 보듬었다. 삶의 크기는 겉으로 보기에 달랐을지 모르지만, 죽음 앞에서는 모두 같은 질문을 남긴다. "우리는 과연 지금 어떻게 살아가고 있는가?" 매일의 소중함이 모두에게 의미를 남긴다. 그 하루가 모여 한 사람의 일생을 만들고, 그것은 다시금 우리에게 삶의 가치와 태도를 돌아보게 하는 시간을 선사한다.

더 이상 붙잡을 수도, 되돌릴 수도 없는 사람 앞에서 이따금 회한에 젖어 자신에게 묻곤 한다. '그날이 이별하는 날이었다면 조금 더 따뜻하게 말했을 거야.' 그 후회들은 마음을 할퀴고 지나갔지만, 동시에 조금씩 더 성장시키는 고귀한 가르침이 되었다. 사랑은 주저함 속에서 희미해지지만, 진심으로 건네는 말 한마디와 따뜻한 포옹 속에서 가깝게 다가온다. 오늘 망설이는 그 순간, 영원히 놓칠 수 있는 인연을 놓치고 있는지도 모른다.

서울 종로의 작은 공간에서 열린 기념 콘서트에서 맑고 투명한 플루트 소리가 세상을 안아주는 듯했다. 16세의 어린 플루트 연주자가 빚어내는 그 선율은 조용하지만 분명한 위로처럼 관객들의 마음속 깊이 스며들었다. 그녀는 이 순간을 사랑하므로 플루트를 연주해 아름다운 세상을 노래하고 싶다고 말했다고 한다. 사람들을 울린 것은 단지 아름다운 음악만이 아니었다. 오히려 이 순간을 온전히 살아내는 그녀의 숭고한 태도였다. 그 작은 무대 위에서 그녀의 플루트가 연주하는 것은 단순한 음률이 아니라, 절망 속에서도 피어나는 '희망' 그 자체였다. 그것은 삶의 본질을 꿰뚫는 울림이었다.

우리는 삶이라는 무대에 던져져 살아가는 법보다 먼저 참고 견디는 법부터 배웠다. 하지만 그저 버티는 것만으로는 공간을 다 채울 수 없다. 이제는 진정으로 '사는 법'을 배워야 할 때이다. 그 사는 법이란 무엇일까? 그것은 지금 내 곁에 있는 사람의 눈을 깊이 마주하고, 마음을 담아 진심을 건네는 일이다. '고맙다', '미안하다', '사랑한다'. 이 단순하지만 소중한 말들을 미루지 않고 서로에게 아낌없이 전하는 일이다. 오늘이 설령 내 삶의 마지막 날이라 할지라도, 이 하루가 아름답게 기억될 유일한 자세는 바로 그런 태도일 것이다. 언젠가 정말로 삶의 마지막 순간이 우리에게 찾아올 때, 그저 함께 시간을 버티고 인내했던 사람이 아니라, 함께 삶을 살아내고 사랑을 나누었던 사람으로 기억되기를 바란다. 세상은 그런 존재들 덕분에 오늘도 여전히 고요하고 아름답게 빛나고 있다.

그리고 언젠가 나의 생의 막이 조용히 내려올 때, 세상에 남겨진 사람들이 나의 이름을 떠올리며 이렇게 나지막이 말해준다면 얼마나 좋을까. "그 사람이 참 그리워. 정말 따뜻한 사람이었지." 그 진심 어린 한마디 속에 내 삶의 모든 가치가 오롯이 담겨 있다면, 잘 살아낸 인생이었다고 말해줄 수 있을 것이다. 하루를 잘 살아간다는 것은 진심, 사랑, 온기를 얼마나 담았는가에 달려 있다.

속도에 쫓겨 앞만 보고 달리는 경주마 같은 삶보다는, 잠시 멈춰 곁에 있는 사람을 진심으로 바라보고, 자기 자신에게도 솔직하게 귀 기울이는 시간이 훨씬 더 중요하다. 삶의 깊이는 눈에 보이지 않지만, 그것은 사람의 기억 속에 따뜻한 온기로 오래도록 남아 존재한다. 길게 사는 법보다, 밀도 있게, 의미 있게 사는 법을 배워야 한다. 잠시 스쳐 가는 인연이라 할지라도 최선을 다해 마주하고, 작은 순간에도 마음을 다할 줄 아는 사람이 되어야 한다. 그렇게 쌓인 매일의 진심 어린 날들이 결국 우리의 인생을 만들고, 그 삶이 다시 또 다른 누군가에게는 따뜻한 위로가 되고, 희망이 되어 세상 곳곳으로 퍼져나갈 것이다. 오늘이라는 더없이 소중한 선물 앞에서 우리는 다시금 굳게 다짐해야 한다. '이 하루를 깊이 살아내자. 그 어떤 유혹에도 내 진심을 잃지 말자.' 그 소박하지만 단단한 다짐 하나로도, 우리의 하루는 충분히 빛나고 충만할 수 있다.

04 살아 있다는 증거

한없이 고요한 하루
마음에 바람이 분다
누군가 알아채지 못한
내 작은 침묵은
그날의 증거였다

날씨가 화창한 봄날의 어느 날이었다. 겉으로 보기엔 평범한 오늘이 펼쳐진다. 나는 늘 그랬듯이 교실 문을 열고 익숙한 일상 속으로 걸어 들어간다. 그런데 이상하게도 마음 깊은 곳이 무겁고 알 수 없는 생각으로 저며온다. 실제로 고통을 겪거나 누구에게 상처받은 것도 아니었지만, 설명되지 않는 마음이 내 안에서 조용히 움직이고 있었다.

누군가 말을 건네면 웃음으로 화답한다. 학생들의 질문에도 평소와 다름없이 자상하게 대답한다. 커피 한 잔을 나누며 대화를 나누기도 한다. 하지만 그 모든 순간이 어딘가 낯설고, 나는 마치 한 편의 연극 속에서 연기를 하는 사람처럼 느껴졌다. 그 생각이 들자, 눈앞의 풍경이 순간 아득하게 멀어지는 듯하다. 말로 꺼낼 수도 없는 이 먹먹한 감정을 어디에 두어야 할지 몰라 그저 속으로 삼킨다.

평소 몸이 불편하셨던 어머니가 고관절을 다치셨던 일이 있었다. 그날 밤, 전화벨이 울렸을 때의 그 긴장감과 심장을 짓누르던 무거움은 지금도 잊히지 않는다. 병원으로 달려가던 길이 평소보다 훨씬 더 길게 느껴졌던 것은, 마음 한쪽에서 불안과 두려움이 끊임없이 일렁였기 때문이었을 것이다. 어머니의 회복 시간은 길고도 고단한 여정이었다. 그 시간 속에서 내가 배운 것은 거창한 결심이나 기적이 아니었다. 자식들의 간호도 도움이 되었지만, 어머니 스스로 기도와 의지로 극복하려는 노력이 있었기에 가능한 법이었다. 그 미약해 보이는 의지가 조금씩 모여 희망이 되고, 생명이 되어 다시 일어설 힘을 만든다는 사실을 나는 절감한다.

타인을 지켜내는 일은 결코 드라마틱하거나 대단한 사건으로 완성되지 않는다. 그것은 작고 따뜻한 손길, 진심을 담은 말 한마디, 그리고 묵묵히 곁을 지켜주는 '시간'이 만들어 내는 것이었다. 그 쓰라린 경험을 통해 알게 된 것은, 삶의 사랑과 진정한 힘은 거창한 선언이나 위대한 결단에서 오는 것이 아니라는 사실이다. 오히려 눈에 보이지 않는 작은 순간들의 연속 속에서 피어난다. 그리고 그러한 시간 속에서 비로소 '견딤'이라는 끈질긴 힘이 소리 없이 자라난 것이다.

살다 보면 이런 날들이 있다. 말로는 쉽게 설명할 수 없는 슬픔이 파도처럼 밀려오고, 이유조차 알 수 없는 허무함이 마음 한구석을 무겁게 누른다. 특별히 기억할 만한 큰 사건이 떠오르지 않는데도, 온몸이 무기력해지는 날들이 갑자기 찾아온다. 그런 날들은 아무도 모르게, 예고 없이 불현듯 나를 휘감아 버린다.

그럴 때는 굳이 남에게 내 감정의 이유를 설명하지 않아도 된다. 내 안의 감정을 말로 억지로 풀어내거나, 다른 사람의 위로를 애써 구하지 않아도 된다. 누군가를 웃기거나 기쁘게 만들려고 굳이 애쓰지 않아도 된다. 그저 하루라는 시간을 견뎌내고 살아내는 것만으로도 충분한 날이다. 어떤 날에는 말없이 고요히 내 마음의 어둠을 감싸 안고, 그저 '견딤'이라는 작은 승리를 홀로 쌓아 간다.

신학자인 헤셀은 이렇게 표현했다고 한다. "삶은 설명되는 것이 아니라, 경이롭게 응시되는 것이다." 살아 있다는 사실은 어떤 논리나 계획으로 증명할 수 있는 게 아니다. 때로는 이유 없이 가슴이 두근거리고, 말도 안 되는 일에 마음을 온전히 쏟는다. 별것 아닌 하늘 풍경에도 괜히 일렁이는 순간들이야말로 생명의 진정한 징후다. 이렇듯 말없이 다독이며 보내는 하루가 조용히 모여, 어느새 삶이라는 긴 여정 속에서 다시 한 발짝씩 앞으로 나아갈 수 있게 한다. 그리고 그 하루가 또 다른 내일로 이어지는 동안, 비로소 무거웠던 마음도 조금씩 가벼워지고, 희망이라는 희미한 빛이 내 안에 스며들기 시작한다.

TV에서 우연히 본 장면이 생각이 났다. 산골 마을의 작은 초등학교 이야기. 이 작은 학교는 학생과 선생님이 몇 명 되지 않는다. 선생님은 그 아이와 마주 앉아 수업을 시작한다. 선생님은 아이에게 '학교가 있다'는 사실을 끝까지 알려주고 싶었다고 말한다. 그 말이 내 마음을 멈추게 했다. 줄어든 것은 숫자에 불과했지만, '존재'가 사라지는 것은 아니라는 진실을 깨닫게 한다. 학생은 평생 자신을 위해 매일 아침 교실 문을 열어준 한 선생님을 기억할 것이다. 매일 활짝 열려있는 학교의 문을 들어가며, 학생들은 자신들이 세상에 꼭 필요하다는 가치를 느끼게 되었을 것이다.

오드리 헵번은 이렇게 묘사했다고 한다. "아름다운 두 눈을 갖고 싶다면. 사람들의 선한 면을 보라. 아름다운 입술을 갖고 싶다면, 친절한 말을 하라." 살아 있다는 것은 단지 숨 쉬는 행위가 아니라, 서로에게 깊이 연결되는 일이다. 타인의 선한 면을 보려 애쓰고, 다정한 말을 건네려는 바로 그 순간, 인간으로서 깊이 깨어나는 것이다. 하루의 끝에서 내게 남는 기억은 거창한 성취가 아니다. 누군가의 따뜻한 말 한마디, 혹은 엘리베이터 앞에서 서로를 기다려준 그 짧은 시간이다. 그 순간들이 쌓여, 나를 살아 있는 사람으로 만들어준다. 가족은 서로를 사랑하지만, 그 사랑 때문에 때로는 상처를 주고받기도 한다. 그러나 그 과정에서 다시 서로에게 손을 내민다. 그 모든 감정의 움직임 하나하나가 바로 살아 있다는 증거다. 매일 조금 더 따뜻해지려고 애쓰는 바로 그 마음이 살아 있음의 증명이다. 타인에 대한 배려와 자신을 다독이며 중심을 찾는 것이 무엇보다 중요하다는 것을 깨닫는다. 그 모든 노력이 당장은 금세 겉으로 드러나지 않아도, 분명한 변화의 시작이 된다.

무언가를 이룬 것도 아니고, 눈에 띄는 성취가 있는 것도 아니다. 그러나 오늘도 무너지지 않고 하루를 조용히 통과해냈다는 사실 하나만으로도 충분하다. 때로는 한 발을 떼는 것조차 힘든 날이 있다. 마음속에서 수없이 올라오는 포기의 유혹을 조용히 누르며, 아무도 모르게 자신을 일으켜 세운 순간들이 셀 수 없이 많다. 조금은 무채색처럼 보였던 하루들이 소중한 시간이었다.

출근하고, 다시 집으로 돌아와 잠드는 평범한 루틴 속에서 나는 매일 조용한 싸움을 해내고 있었다. 다시 제자리로 돌아오는 것조차, 얼마나 귀한 일인가? 넘어졌어도 다시 걷기 시작했다면 충분히 의미 있는 날이다. 그래서 오늘도 감사한다. 너무 평범해서 스쳐 지나갈지 모르지만, 나에게는 살아 있다는 분명한 증거다. 하루의 일상에서 아무 일도 일어나지 않은 것처럼 보이지만, 그 안에는 수많은 감정과 인내, 회복과 다짐이 고요히 숨어 있다.

이날이 지나면 또 새로운 내일이 찾아올 것이다. 언젠가, 이 고요했던 날들이 내 삶에서 빛나는 시간이었음을 깨닫게 될지도 모른다. 그것은 단순히 조용한 상황만을 말하는 것이 아니다. 마음속 상처를 껴안고도 자신을 잃지 않는 강인함을 의미하기도 한다. 아무 일도 일어나지 않은 듯 보이는 일상이 사실은 수많은 감정과 싸워낸 치열한 시간이었음을 이해할 필요가 있다.

이러한 작은 순간들이 모여 우리를 굳건히 세우는 삶이 되었고, 이런 가운데 희미하지만 분명한 희망이 내일을 기다린다. 오늘도 어김없이 해는 졌지만, 어려움을 극복했다는 사실이 무엇보다 중요하다. 그것을 끈기 있게 극복하며 살아가는 자신에게 마땅히 손뼉을 쳐줄 만

하다. 끝까지 버텨낸 마음은 언젠가 타인의 어둠을 밝혀줄 조용한 등
불이 되어 있을 것이다.

지나온 계절도 나의 일부다

살아간다는 것은 때로 햇살 아래 서 있으면서도, 가슴 한쪽에는 시린 겨울을 품고 묵묵히 걷는 일이 아닐까? 겨울은 언제나 눈발처럼 요란한 소리와 함께 찾아오지 않는다. 오히려 계절의 경계가 줄어드는 순간, 걷잡을 수 없는 기세로 우리 삶의 끝까지 스며들어온다. 그 냉혹한 겨울을 피할 길이 없다면, 어쩌면 그것을 숙명처럼 받아들이며 오늘을 살아가고 있는 것일지도 모른다. 계절이 바뀌듯, 삶의 흐름 속에서 피할 수 없는 아픔과 고통이 바로 우리를 성숙시키는 숙명과도 같다.

소설 『채식주의자』를 쓴 한강은 2024년에 노벨문학상을 수상했다. 명실상부 한국 문학의 큰 획을 그은 기쁜 소식이었다. 그녀의 첫 소설 『여수의 사랑』은 쉽사리 꺼내기 힘든 어둠 가득한 이야기를 우리

앞에 펼쳐 보였다. 세상은 늘 밝고 희망찬 것만을 노래하라 말하지만, 삶은 때로는 그 슬픔을 외면하지 않고 정면으로 마주하는 데서 진정한 시작을 찾을 수 있기도 하다. 그 슬픔을 온전히 끌어안고 자신만의 방식으로 나아가는 사람만이 진정으로 앞으로 나아갈 수 있을 것이다. 우리는 각자의 인생이라는 지도 위에서, 각자의 계절 속 고요한 겨울을 지나고 있다. 아득한 겨울 속에서 따뜻한 손길과 말 없는 위안을 찾으며, 이 고독한 삶의 길을 천천히 걸어간다. 지나온 세월의 흔적은 우리 안에 고스란히 머물며, 삶을 더욱 깊고 아름답게 만들어 낸다.

인하대병원이 매년 이어오는 '생명 존중 콘서트'는 우리에게 용기와 위로를 주었다. 이 무대는 '자살 예방과 희귀 질환 이해'를 주제로 지역 사회와 소통하고자 마련되었다. 무대 위에서 흐르는 음악도 매우 아름다웠지만, 그보다 더 마음을 울린 것은 참석한 이들 사이에서 조용히 오가는 다정한 시선이었다. 말없이 건네는 눈길 속에도 서로의 아픔을 이해하는 배려가 스며 있었다. 이 콘서트가 특별했던 건 바로 그 지점이었다. 누군가의 진심 어린 노래와, 고통받는 이들을 향한 조용한 응시가 어둠 속에서도 '살아야 할 이유'를 다시금 가슴속에 새기게 했다는 것이다. 화려하고 눈부신 장면이 아니어도 괜찮았다. 그저 옆에서 함께 걷고 있는 사람들이 있다는 사실만으로도, 우리는 이 지난한 삶을 버틸 수 있었다. 때로 삶의 어떤 순간은 너무 쉽게 어둠 속으로 가라앉는다. 모든 것이 멈춘 듯 고요하여 오히려 마음속 소음이 더 크게 들리는 경우가 있다. 그럴 때면 견디기 힘든 외로움을 느낀다. 하지만 중요한 것은, 그런 시간이 누구에게나 오고 있으며 또 반드시 끝이 있다는 사실이다. 당신이 견뎌낸 발자국은 전혀 헛되지 않을 것이다. 그 발자국들은 이미 당신이 걸어갈 봄길을 만들고 있다. 이 순간의 아픔을 잘 이겨내는 것만으로도 당신은 이미 충분히 강하고 칭찬받아 마땅하다. 옛말에 '고진감래(苦盡甘來)'라 했듯, 쓰디쓴 고생 끝에 단 즐거움이 반드시 찾아올 것이다.

　서울의 오래된 아파트에서 두 아이를 키우며 작은 학원을 운영하는 한 여성의 이야기를 들은 적이 있었다. 그녀의 아버지는 그녀가 어린 시절 일찍 세상을 떠났고, 어머니는 홀로 8남매를 훌륭하게 키워냈다. 이제 그녀 자신은 셋째 딸로서 치매에 걸린 연로한 어머니를 돌보며 살아가고 있었다. 그녀의 지극한 효성에도 불구하고, 어머니는 점차 기억을 대부분 잃어가고 있었다. 사람들 앞에서는 애써 태연한 척했지만, 그녀가 흘린 고통의 눈물을 아는 이는 거의 없었다. 그녀는 이따금 하늘을 올려다보며 스스로를 다독였다. 불안과 고독 속에서도 마음을 다잡아 하루를 견뎌내는 것이 그녀의 일상이었다. 그리고 어느 날, 혼미하던 어머니가 태연히 딸의 이름을 부르며 환하게 웃으시던 순간, 그녀는 그 어떤 것과도 바꿀 수 없는 큰 행복을 느꼈다. 그 짧은 순간의 기쁨은 지난 모든 고통을 초월하는 힘을 지니고 있었다.
　사람들은 흔히 시간이 지나면 괜찮아질 것이라고 위로했다. 그러나 그녀는 어떤 아픔은 시간이 흘러도 결코 완전히 사라지지 않는다는 것을 알고 있었다. 다만, 그것을 가슴에 안고 살아가는 자신이 점점 더 단단해지고 있음을 느낀다. 우리는 모두 저마다의 계절을 통과해 온 사람들이다. 때로는 지나온 삶이 아물지 않은 흔적으로 남기도 한다. 그러나 그 모든 시간은 부정할 수 없는 우리 일부가 되었다. 어쩌면 아물지 않은 상처가 여전히 존재한다는 것이다. 우리가 이 험난한 세상에서 여전히 살아 숨 쉬고 있다는 생생한 증거일 것이다. 끊임없이 흔들리는 날들 속에서도 멈추지 않고 걸어왔기에, 지금 이 자리에 굳건히 서 있을 수 있는 것이다. 삶이란 완벽함을 향한 도달 불가능한 여정이라기보다, 아픔과 공생하며 살아가는 법을 배우는 숭고한 과정일지도 모른다.

다시 한 번 숨을 들이쉬며, 오늘이 마지막 순간인 듯 서로에게 작은 지지대가 되어주어야 한다. 지난 과거를 외면하지 않고 온전히 견디며 살아온 삶을 따뜻하게 안아주어야 한다. 우리가 건네는 깊은 마음들이, 혹한의 겨울 속에 갇힌 타인을 조심스레 녹여줄 수 있기를 진심으로 바란다. 지나온 과거가 우리를 더욱 단단하게 만들어주었듯이, 우리의 작은 손길이 또 다른 이의 마음을 따뜻하게 감싸 안아주기를 간절히 소망한다. 그리고 언젠가, 그 작은 손길이 눈 부신 햇살이 되어 삶의 겨울 끝자락을 환하게 밝혀주기를 바란다. 그 햇살 아래 비로소 진정한 평화와 사랑을 발견할 것이다.

가장 어두운 밤을 지나며

가장 어두운 밤에도

당신은 실패하지 않았다

다만, 그 어둠을 건너는 중이었다

창밖은 어둠에 잠기고 세상의 모든 소음이 잦아드는 시간이다. 그 것은 단지 소리의 부재가 아니라 우리 마음을 짓누르는 아득한 무게로 다가온다. 고요 속에서 이따금 불안한 미래를 상상하곤 한다. 그 불확실한 생각들은 마치 거미줄처럼 우리의 정신을 휘감는다. 때로는 이 아픈 현실을 인정하고 싶지 않아, 아무 일도 없었던 것처럼 가장하며 살아가려 애쓰는 자신을 발견하기도 한다.

독일 철학자 쇼펜하우어는 고통이 삶의 본질적인 조건임을 표현했다고 한다. 그러나 그는 고통이 끝이 아니라, 그 심연을 통과한 자만이 삶의 진정한 의미와 마주할 수 있다고 말한다. 실제로 어두운 밤은 우리가 애써 피하고 싶은 시간이 아니라, 결국 우리 자신과 대화해야 하는 의미 있는 시간임을 깨달아야 한다. 고통은 우리를 뒷걸음질 치게 하는 절망이 아니다. 그것은 오히려 우리 존재의 밑바닥까지 내려가 자신을 성찰하고, 고요에 닿을 수 있는 신비로운 통로가 된다. 그 깊고 어두운 밤을 용기 있게 지나고 나서야 비로소 우리는 낮의 찬란한 빛과 희망의 가치를 온전히 알게 될 것이다. 삶은 결코 어느 한 장면으로 완성되는 것은 아니다. 종종 삶을 단 하나의 결과로만 말하려고 하지만, 그 결과를 향해 가는 과정이야말로 예측 불가능하고 혼란스러운 모습으로 흐르는 법이다.

몇 해 전, 한 젊은 청년이 공장에서 예상치 못한 사고를 당해 병원에 입원했다는 이야기를 지인에게 듣게 되었다. 그는 생사의 경계를 오가는 위태로운 병상에 누워 있었고, 그의 옆에는 먼지 쌓인 대학 졸업 앨범과 함께 몇 장의 손 글씨 메모지가 놓여 있었다고 한다. 그 메모지에는 삶을 포기하려는 듯한, 유서와 같은 절박한 문장들이 적혀 있었다. 그것은 단지 흐느끼는 혼잣말이 아니라, 무너져가는 마음에서 솟구치는 처절한 외침이었다. 자기 육체와 정신이 극한으로 내몰리는 고통 속에서, 그는 자신의 존재가 얼마나 절실하게 삶을 갈망하는지를 생생하게 느끼고 있었다. 그러나 놀랍게도 청년은 그렇게 무너진 채 머물지 않았다. 그는 여전히 자리를 끈질기게 지키고 있었다. 사람들은 흔히 '삶은 멈추는 데서 시작된다'고 말하지만, 그는 그 아픔 속에서 멈추지 않았다. 아프면서도 계속 살아 있으려 애썼고, 자신을 매 순간 붙들며 상상할 수 없는 고통을 견뎌냈다. 그리고 결국, 기적처럼 다시 일어서게 되었다고 한다. 그의 회복은 의학적으로도 기적이라 불렸지만, 무엇보다 더 큰 기적은 그의 마음속에서 피어난 꺾이지 않는 의지였다. 청년의 가족은 담담하지만 굳건한 목소리로 이렇게 말했다고 전해진다. "그 아이는 우리 가족 중 강한 사람이었어요." 강함이란 절대 쓰러지지 않는 것이 아니라, 쓰러진 자리에서 다시 일어나는 용기와 투지임을 그 젊은 청년이 온몸으로 증명해 보인 것이었다.

실제로 어떤 날에는 세상의 모든 것이 내려앉는 듯한 상실감이 밀려올 때가 있다. 살아가다 보면 예기치 못한 중요한 선택의 갈림길에서 방향을 잃고 당황하여 갈피를 못 잡는 경우가 생긴다. 오랜 시간 쌓아온 친한 사람과의 관계가 알 수 없는 이유로 틀어지고, 일상은 이유 없이 무기력하게 가라앉는다. 사람들을 믿지 못하게 되고, 그 속에서 피어난 실망은 자신을 향한 미움의 대상이 된다. '나는 아무것도 할 수 없다'라는 무력감이 그림자처럼 자신을 따라다니기 시작한다.

한때 일련의 사건으로 어려움에 부닥쳐진 나에게 누군가 조심스럽게 다가와 이렇게 말해주었다. "용기를 다시 한 번 내보세요." 진심 어린 한마디가 마치 메마른 대지에 내리는 단비처럼 내 안에서 천천히 울려 퍼졌다. 처음에는 아무런 감흥도 없었지만, 이상하게도 그 말이 자꾸만 떠올랐다. 그 말에서 나는 다시 살아야 할 이유를 찾게 된 것이다. 비록 아직 현실의 문제는 아무것도 해결되지 않았지만, 그 희미한 희망의 빛 하나만으로도 나는 조금씩 다시 걸음을 옮길 수 있었다. 그리고 그때부터 나는 더 이상 실패를 두려워하지 않기로 했다. 포기와 좌절이 결코 우리를 패배자로 규정하는 것이 아니다. 다시 일어서는 그 순간에 진정한 나로 정의된다는 것을 알게 되었기 때문이다.

헬렌 켈러는 우리에게 이 진실을 삶 자체로 보여준 위대한 인물이다. 미국의 저명한 작가이자 교육자, 사회운동가인 사람이다. 어린 시절 시각과 청력을 잃었지만, 인내와 교육을 통해 세상에 지대한 영향을 끼쳤다. 그녀에게 삶은 처음부터 빛과 소리를 잃은 완전한 어둠의 세계였다. 보이지 않고, 들리지 않으며, 말조차 할 수 없던 고독과 절망의 시간이었다. 그러나 그녀는 절망 속에서 좌절하는 대신, 내면의 또 다른 감각을 기적처럼 일으켜 세웠다. 어둠을 외면하지 않았고, 오히려 그 안에 숨겨진 길을 찾아 나섰던 것이다.

우리 모두에게는 저마다의 밤이 있다. 세상의 기준에 쉽게 흔들리고, 뜻밖의 사건에 휘말려 속절없이 주저앉는 순간들이 찾아온다. 하지만 때로는 어둠에서야 비로소 우리 정신에 잠들어 있던 희미한 빛이 깨어난다. 우리는 끊임없이 실패에 대한 두려움과 그것을 넘어서려는 용기 사이에서 줄타기를 하며 살아간다. 때로는 이 두 가지 감정이 동시에 존재하며 서로 맞부딪히기도 한다. 후퇴와 좌절이 삶을 무너뜨릴 수도 있지만, 그것을 바라보는 시선과 마음가짐은 언제나 새로운 길을 열 수 있는 열쇠가 된다. 중요한 것은 눈에 보이는 결과만이 아니라, 그 고통스러운 과정을 어떻게 받아들이고, 그 안에서 어떤 태도를 유지하느냐에 달려 있다.

일어나는 모든 일은 단지 '과정'일 뿐이며, 우리의 존재 가치를 완전히 규정하지 못한다. 한두 번의 실패로 성공하지 못했다고 해서 자신을 영원한 패배자로 단정할 필요는 없다. 인간의 삶에는 직선이 아닌 굴곡과 흔들림이 필연적으로 존재한다. 하지만 그 절망의 순간에도 포기하지 않고 다시 일어서려는 굳건한 의지가 필요하다. 그 한 줄기 희망을 끝까지 놓지 않고 붙드는 손길이야말로 우리가 가진 위대한 힘이다.

일시적으로 느끼는 감정은 영원하지 않다. 폭풍이 지나가고 나면 언제나 햇살이 찾아오듯이, 삶은 기대와 현실 사이에서 자주 균형을 잃고 흔들린다. 그렇지만 그 흔들림 속에서 다시 굳건히 일어설 힘을 발견하기도 한다. 삶은 우리가 잠시 주저앉았다고 해서 끝나지 않는다. 그때는 비참하고 쓰라린 기억조차, 언젠가 긴 시간을 지나 누군가에게는 따뜻한 위로와 희망의 문장이 될 수 있다. 자기 자신에게 솔직하게 맞서고, 자신을 다시 믿고 사랑할 수 있는 마음이야말로 큰 성장이다. 넘어지고 난 그 자리에서 다시 한 걸음 내딛는 그 용기와 결단이 진실한 아름다움이다.

어두운 터널 속에서 자기 자신과 마주하며 나눈 조용한 대화, 그 속에서 얻은 깨달음과 용기야말로 내가 오늘을 살아가는 이유다. 살아간다는 것은 언제나 완벽하지 않지만, 그 불완전함 속에서 포기하지 않고 한 걸음씩 다시 나아가는 것이다. 어둠의 시간을 용기 있게 지나온 자만이 비로소 눈 부신 빛을 온전히 맞이할 수 있었다. 오늘도 나는 다시 희망을 품고 한 발을 내디딘다.

Chapter 5

마음도 훈련이 된다

상처, 외로움, 회복에 대하여

01 무너지지 않는 마음에 대하여

바람이 지나갔다

가지는 흔들렸고

흔들린 자리마다

더욱 단단해졌다

예상보다 빠르게 흘러가는 시간 속에서, 우리는 이따금 타인의 속도에 자신을 의심한다. 세상은 온통 거친 파도로 가득하고, 우리의 작은 배는 언제 침몰할지 모른다는 불안감에 휩싸인다. 그러나 그 거친 풍랑 속에서도, 버텨내는 것은 다름 아닌 우리 자신이었다. 삶은 나뭇가지처럼 흔들리면서도, 그 흔들림 속에서 굳건히 뿌리를 내리는 법을 배운다.

나 또한 때로는 모든 것을 놓아버리고 싶었던 아득한 순간들이 있었다. 아무리 애써도 좀처럼 바뀌지 않는 냉정한 현실 앞에서, '노력'이라는 단어조차 한없이 허무하고 무의미하게 느껴지던 시간들이었다. 열심히 쌓아 올린 공든 탑이 순간의 바람 앞에 허물어져 가는 모래성과 같을 때, 나는 너무나 순진하고 정직하게 살아왔던 지난날이 후회로 남는 듯했다. 삶에는 진정한 후회란 없다. 다만, 나는 사회의 사소한 이익에 영혼을 팔지 않고, 우직하게 성실이라는 이름의 땀방울을 흘려왔다는 자부심만은 굳건히 지켜낼 수 있었다. 그 보이지 않는 긍지가 나를 지탱하는 힘이 되었다. 어떠한 상황 속에서도 흔들리지 않으려는 내면의 불씨를 꺼지지 않도록 했다.

현실 앞에서 흔들리는 것과 관련해 빅터 프랭클이라는 위대한 정신과 의사의 이야기는 이 생각에 깊이를 더한다. 아우슈비츠 강제 수용소라는 인간 생존의 지옥 같은 환경에서 살아남은 그는, 고통 그 자체보다 '고통에 어떤 의미를 부여하는가?'가 한 인간의 존재를 결정한다고 역설했다. 그의 말은 내 마음속 깊이 파고들어 오랫동안 잊히지 않는 지혜가 되었다. 타인의 삶과 비교할 수 없는, 각자에게 부여된 삶의 무게를 기꺼이 감내하며 살아가야 한다. 그 무게는 우리의 삶에 고유한 의미를 부여하고, 궁극적으로 우리를 더욱 성숙하게 만드는 열쇠이기도 하다. 마야 안젤루의 목소리도 메아리처럼 가슴에 울린다. 그녀는 고난 속에서 인간이 어떻게 회복되고 다시 피어날 수 있는지를 온몸으로 증명했다. 시련은 그녀에게 두려움이 아니라, 자신을 마주하는 통로였다. 그녀는 그 경험이야말로 진정한 회복력이라고 강조했다. 넘어지는 순간은 누구에게나 찾아오지만, 그 자리에서 다시 일어서는 힘이 중요하다. 용기는 우리의 삶이 지향해야 할 방향을 분명히 제시한다.

2024년 일본 이시카와현 노토반도를 강타한 규모 7.6의 지진은 수많은 것을 무너뜨렸다. 그러나 그 무너진 마을 한가운데, 놀랍도록 굳건히 서 있는 100년 된 나무집 한 채가 있었다. 비록 금이 간 벽과 기울어진 지붕을 가졌지만, 그 집은 끝내 쓰러지지 않았다. 집의 손주는 늘 지진에 대비하며 살았다고 담담히 말한다. 위기는 결코 어느 날 갑자기 찾아온 불청객이 아니었다. 그것은 평온한 날들의 성실한 습관과 꾸준한 준비 속에서 인내심 있게 길러진 회복력으로 맞설 수 있는 것이었다.

공자가 말했듯, "군자는 기초를 닦고 그 속에서 도가 생긴다." 삶의 길은 특별한 순간에만 빛나는 것이 아니라, 아무도 보지 않는 평범한 일상에 숨어 있다. 자신을 점검하는 태도들이 모여, 위기의 순간에도 흔들리지 않는 힘을 만들어준다. 매일 조금씩 자신을 일으켜 세워온 그 평범하고 꾸준한 습관들이 결국 우리를 발전시키는 진정한 원동력이 된다. 인생에서 아무 일 없던 듯 지나간 수많은 날이 결코 공백이 아니었다는 것을 나는 비로소 알게 되었다. 위기를 극복하고자 하는 사람은 편안할 때조차 스스로를 잊지 않고 점검한다. 불안을 외면하지 않고 성실하게 삶을 가꾸어온 사람만이, 진정한 위기 앞에서도 흔들리지 않는 법이다.

그러한 깨달음 끝에, 문득 지난 시간 어느 지점을 떠올려 본다. 때로는 이유 모를 부서지는 기분에 사로잡혀 홀로 모래알처럼 흩어지던 날들도 있었다. 그런데 시간이 한참 지나고 돌아보니, 그 모든 흔들림이 바로 내 인생의 뿌리를 땅속 깊이 내려주고 있었다.

그래서 나는 언제나 현재보다 더 겸손해지려 노력하며, 삶이라는 징검다리를 건너는 마음으로 살아간다. 그때마다 흔들리지 않았기에, 지금의 내가 이 자리에 서 있다고 생각한다.

사람들은 종종 흔들리는 이를 보면 곧 무너질 것이라고 속단하는 경우가 많다. 그러나 그것은 오히려 아무런 흔들림도 없는 듯 보이는 사람에게 찾아온다는 역설적인 진실을 간과한다. 어떤 유혹과 시험 앞에서도 요동치지 않는 듯 보이는 삶은, 어쩌면 이미 안으로부터 서서히 무너지고 있는 것일지도 모른다. 단단하게 굳어버린 채 유연함을 잊은 영혼은 작은 충격에도 산산이 부서지기 마련이다. 그러나 바람에 흔들려도 기어이 제 자리를 지키려 애쓰는 사람은, 아직도 살아 있다는 가능성을 보여준다.

결국 우리를 다시 일으켜 세운 것은, 거창한 결심이나 기적이 아니었다. 그것은 사람들이 알아주지 않아도 지켜온 평범한 일상의 태도들이었다. 밤새워 고민했던 그 수많은 순간이 쌓여, 지금의 모습을 만들었다. 해가 뜨는 평온한 날일수록 더 조심스레 창문을 닫는다. 평온함이 영원히 지속될 수 없다는 것을 본능적으로 알기 때문이다. 끊임없이 자신을 점검하고, 마음을 정비하며 살아온 결과, 흔들림을 기꺼이 극복하고 다시 시작할 힘을 얻게 되었다. 그 모든 평범한 날들이 쌓여, 우리를 스스로 일어설 수 있는 강한 사람으로 만들었다.

나무는 거센 계절의 변화 속에서 성장하고, 푸른 잎을 틔워낸다. 물이 부족하면 위축되는 것이 아니라, 더욱 깊숙이 뿌리를 내려 숨겨진 수분을 찾아낸다. 이처럼 흔들림과 부족함은 불안의 징표가 아니라, 도약을 위한 성장의 통로이다. 지금 당신이 현실의 바람 앞에서 흔들리고 있다면, 오히려 안심해도 좋다. 그것은 당신이 여전히 살아 있고, 더 깊이 뿌리내려 성장하고 있다는 생생한 증거이기 때문이다.

우리는 바람이 분다고 해서 쉽게 넘어지지 않는다. 그것은 막연한 희망이 아니라, 살아오며 수없이 증명해 온 삶의 진실이다. 오늘을 온전히 살아낸다면, 내일은 더 희망차고 깊은 뿌리를 가진 존재로 자라 있을 것이다. 그리고 그 뿌리 위에서 소망의 푸른 잎을 힘껏 틔울 것이다.

인생이란 인내를 안고 끝내 넘어지지 않으면서 살아가는 것이다. 흔들리는 것은 삶의 피할 수 없는 조건이지만, 그 속에서도 허물어지지 않는 것은 우리 인간의 굳건한 태도에 달려 있다. 비록 그 태도를 갖추기란 쉽지 않지만, 감정의 흔들림을 애써 회피할 필요도 없다. 어려움을 극복하고 고민하는 삶이 아무런 동요가 없는 사람보다 당연히 삶을 완성하고자 하는 의지가 있는 것이다. 그렇게 우리는 매일 조금씩 성장해 가는 것이다.

외로움을 이겨내는 법

말없이 다가온 저녁이

등 뒤를 쓰다듬는다

하루라는 낯선 풍경이

조용히, 나 하나를 남긴다

어떤 날은 세상에 아무 일도 일어나지 않은 듯한 평온함이 감돌았다. 종일 기분 좋게 이야기를 나누었고, 다른 이의 말에 고개를 끄덕이며 진심으로 공감하는 시간도 있었다. 따뜻한 커피 한 잔을 앞에 두고 함께 미소 짓던 순간들도 분명히 존재했다. 그러나 밤이 찾아오면, 그 모든 찬란했던 장면들은 마치 바람처럼 흔적 없이 사라지고, 내 기억 속에는 작은 구멍이라도 생긴 것처럼 설명할 수 없는 공허함이 자리한다.

어쩌면 그처럼 침잠하는 감정이야말로, 물리적으로 홀로 존재하는 것보다 훨씬 더 사무치는 외로움일지도 모른다. 사랑하는 가족과 믿음직한 친구들이 곁에 있음에도 외로움이란 것은, 단순히 사람이 없을 때 찾아오는 감정이 아니라는 것을 문득 깨닫게 된다. 그것은 예고 없이 가슴 한편에 스며들어, 우리 존재의 밑바닥을 흔드는 쓸쓸함이었다.

안타까운 고독사의 뉴스를 접할수록, 우리 사회가 얼마나 많은 사람에게 닿지 못하고 있는지를 보여주는 신호라는 것을 느낀다. 서울의 한 아파트에서 홀로 살던 노인이 쓸쓸히 생을 마감했다는 뉴스를 접할 때 마음이 아팠던 기억이 있다. 단순히 고독사로 생을 마친 이에게 보내는 연민 때문만은 아니었다. 그 슬픔은, 모두가 저마다의 삶 속에서 느끼는 근본적인 외로움과 맞닿아 있다는 생각 때문이었다. 그것은 단순히 감정적인 고통에 머무는 것이 아니라, 우리가 살아 숨 쉬고 있다는 존재론적 증거이기도 하다.

존 카시오포 박사는 외로움을 단순한 심리적 상태를 넘어, 생존을 위한 중요한 경고 신호로 해석한다. 그는 외로움이 인간에게 꼭 필요한 사회적 연결을 갈구하는 뇌의 본능적인 신호임을 역설한다. 이는 단순히 고독감을 느끼는 감정을 넘어, 우리의 신체와 정신에 지대한 영향을 미치는 생리적 반응이라는 것이다. 그의 심층적인 연구에 따르면, 외로움은 면역 체계를 약화시키고, 감염에 취약하게 만들며, 스트레스 반응을 비정상적으로 증가시킨다. 심지어 심혈관 질환의 위험을 높이고, 조기 사망률을 증가시킬 수 있다는 충격적인 사실을 밝혀냈다. 이는 외로움이 더 이상 개인의 감정적 문제에 그치는 것이 아니라, 인간 존재의 생존 문제로까지 확장됨을 의미한다. 그의 연구는 외로움이 단순히 개인의 약함이나 성격적 결함으로 치부해서는 안 되며, 우리 사회 전체의 건강과 밀접하게 연결되어 있음을 시사한다. 외

로움을 겪고 있는 사람을 단지 나약한 존재로 보아서는 안 되는 이유
가 여기에 있다. 그것은 한 사람의 고립을 뜻함과 동시에, 우리 사회
가 서로 함께 있지 못하다는 안타까운 징후이기도 하다.

　내게 실망이 찾아왔던 순간은, 진실과 정의에 무관심한 사람들 속
에 파묻혀 있을 때였다. 왜곡된 사고방식으로 아무렇지 않은 듯 태연
하게 살아가는 이들의 모습은 내 영혼을 흔들었다. 실망스러운 모습
에는 정치계, 교육계, 사회 문화계, 문학계 등의 실망스러운 뉴스들이
있었다. 또한 생활 속에서 무책임한 사람들의 모습이었다. 뭐라고 하
고 싶었지만, 때로는 침묵하는 것 말고는 달리 방법이 없었다. 아무
말도 하지 않았던 것이 아니라, 차마 말할 수 없었다.

　프랑스 작가 앙드레 말로는 인간 존재의 고독과 의미, 그리고 부단
한 투쟁을 깊이 탐구했던 인물이다. 그의 대표작인 소설『인간의 조
건(La Condition Humaine)』에서도 인간의 본질적인 고독과 누구에게도
이해받지 못하는 고통을 중심 주제로 다룬다. 그는 인간 비극의 본질
이 바로 이 외로움을 이해받지 못하는 데 있다고 보았다. 이 외로움
의 감정이 유독 힘든 이유는, 그 아픔조차 타인에게 말로 설명할 수
없는 단절감 때문일 것이다. 진정한 위로는 거창한 조언이 아니라, 상
대의 마음 곁에 조용히 앉아 아무 말 없이 경청해 주는 데서 온다.
그 어떤 위기 상황에서도 상대에게 일부러 불안을 조장하거나 비관적
인 태도를 내보이는 것은 오히려 위험하다. 그저 아무 말 없이 함께하
는 그 시간이야말로 큰 의미가 있다. 그저 들어만 주어도 더할 나위

없이 고마울 때가 많다는 것을 종종 잊고 살아간다.

　하루의 끝에서, 거울 앞에 앉아 자신의 이름을 천천히 불러보자. 말이 없어도 진정한 위로가 되는 순간, 내일을 살아갈 작은 힘이 된다. 어쩌면 말보다 더 오래 마음에 남는, 본질적인 위로를 찾고 있는지도 모른다. 그리고 그 순간 어딘가에서, 또 다른 누군가도 우리처럼 거울 앞에서 같은 질문을 던지며 마음속에서 그 작은 위로를 찾고 있을 것이다.

　우리는 결코 혼자가 아니다. 마음속에서 피어나는 순수한 고백은 결국 자신과의 연결을 찾아내게 한다. 그리고 그 자기 치유의 과정은 다시금 살아갈 수 있는 용기를 준다. 우리 자신에게 솔직해지고, 주어진 현실을 담담히 받아들이며, 삶을 주체적으로 헤쳐나갈 자립의 용기를 내는 것이 중요하다. 때로는 불의에 맞서고 약자를 보듬는 정의로운 삶이, 그 안에 도사린 외로움마저도 따뜻하게 어루만져 주는 신비로운 힘을 발휘하기도 한다.

　삶은 고요와 소란 사이를 끊임없이 오가며, 그 속에 모두를 남긴다. 모든 날이 찬란할 수는 없고, 모든 순간이 포근한 품에 안겨 있는 것도 아니다. 그러나 잊지 말아야 할 단 한 가지 진실은, 우리가 모두 눈에 보이지 않는 끈으로 연결되어 있다는 사실이다. 외로움은 결코 나약함의 증거가 아니다. 그것은 오히려 우리가 서로 연결되어 함께 살아가고 싶다는, 인간 본연의 증거일 것이다. 마음속에 조용히 빛나는 그 작은 불빛 하나를 부디 꺼뜨리지 말자. 결국, 삶을 아름답게 만드는 것은 작은 배려의 마음이며, 소리 없이 곁에 있어 주는 존재의 따뜻한 그림자이다. 그 소중한 마음 하나로, 이 복잡한 세상을 함께 살아갈 수 있다.

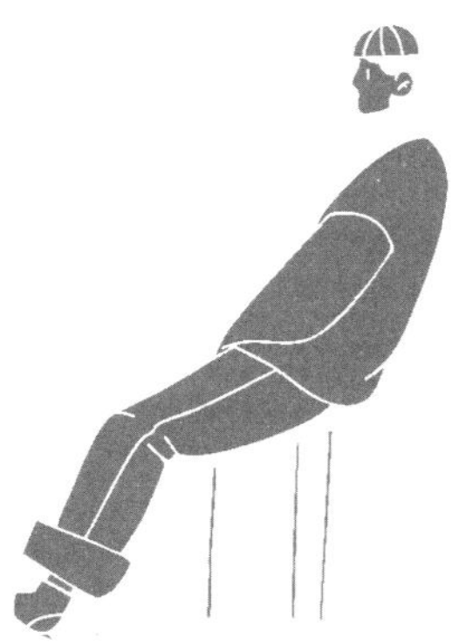

상처는 조용히 퇴장한다

다가온 기억은

소리도 없이

감정을 쓸어간다

상처는 사라지는 것이 아니라

자리를 바꾸는 것이다

버지니아 울프는 자신이 겪은 심연의 고통을 결코 피하지 않았다. 그녀는 마치 심장을 도려내는 듯한 아픔을 겪으면서도, 그 상처들을 애써 지우려 하기보다 그것을 어떻게 온전히 품에 안고 남은 생을 살아갈지에 대해 치열하게 고민했다. 지나간 상처는 우리를 단순히 떠나버린 것이 아니라, 우리가 그 아픔의 터널을 용기 있게 통과해왔음을 증명하는 것이기 때문이다.

이따금 감정의 마지막 순간조차 정확히 알아차리지 못할 때가 많다. 여전히 우리 존재 안에 상처는 남아 있지만, 어느 순간 그 흔적들은 더 이상 주변에 위협으로 보이지 않는다. 이제 그 아팠던 자리를 정면으로 마주하고 이겨낸 자만이 가질 수 있는 숭고한 '의연함'이 굳건히 자리한다. 그리고 상처를 직시하고 받아들인 그만큼, 삶의 어떠한 시련에도 굳건히 대응하고 헤쳐나가는 힘이 비로소 생겨나는 것이다. 고통은 우리를 무너뜨리러 온 것이 아니라, 더 높이 솟아오르도록 단련시키기 위해 찾아온 손님임을 깨닫게 된다.

어떤 책에서 읽었던 한 미술가의 이야기는 이 의연함의 가치를 더욱 선명하게 보여준다. 영국에서 미술대학교 교수직을 수락하고 이민을 간 그는, 제자들에게 '무엇이든 가능하다'라는 긍정과 희망을 불어넣으며 창작의 불꽃을 뜨겁게 격려했다. 그의 가르침은 수많은 영혼을 고양했지만, 정작 그의 마음에는 말 못 할 고통이 숨겨져 있었다. 그는 아내와의 이혼 이후, 자신을 갉아먹는 고독한 시간 속으로 침잠해야 했다. 그럼에도 불구하고 그는 흐트러짐 없이 자신만의 고유한 평정을 지켜냈고, 삶에 대한 깊이 있는 철학 또한 잃지 않았다. 그것은 결코 타인의 시선을 의식하거나 누군가에게 보여주기 위한 가식적인 태도가 아니었다. 상처와 치열하게 맞서 싸워 견뎌낸 자만이 비로소 도달할 수 있는, 품격 있는 삶의 결이었다.

사람들은 흔히 '기억은 조작된다'고 말하지만, 오히려 기억은 우리의 방식으로 자리를 끊임없이 옮겨가는 것일지 모른다. 때로는 너무 가까이 다가와 모든 것을 겹쳐 보이지 않게 하고, 때로는 너무 멀어져 희미하게 윤곽만 남긴다. 그러나 그 모든 시간과 그 속에 담긴 기억들은 결국 현재의 우리를 만들고 이 순간을 살게 해왔다. 상처는 완전히 사라지는 것이 아니라, 새로운 자리로 옮겨 간다. 그리고 그 옮겨진 자리에 무엇을 들일지는 오롯이 삶을 대하는 우리의 태도에 달려 있다. 상처를 부정하고 외면할 것인가, 아니면 그것을 양분 삼아 더 단단한 뿌리를 내리고, 더 풍성한 가지를 뻗어낼 것인가. 그 선택은 온전히 우리 몫이며, 그 선택이 우리의 미래를 결정한다.

내가 예전에 관람했던 한 연극은 삶의 태도가 얼마나 중요한지 보여주는 감동적인 사례를 보여주었다. 관객의 문을 활짝 열어두어, 신체적·정신적 어려움이 있는 이들까지 모두가 편안히 공연을 즐길 수 있도록 배려했다. 조명은 밝았고 무대는 화려했지만, 그것은 결코 관객에게 부담을 주는 방식이 아니었다. 관객이 공연 중간에 조용히 움직이거나 잠시 퇴장하더라도 누구도 섣불리 나무라지 않았다.

그 공간은 '있는 그대로 존재해도 괜찮은 시간'을 선사했기 때문이다. 극장이라는 공간의 장벽을 낮추는 개방성은 단순한 배려를 넘어, 인간의 존재 방식에 대한 성찰과 서로를 온전히 환대하는 삶의 태도를 보여주는 것이었다. 관객들은 어쩌면 자신의 상처가 눈치채지 못할 만큼 조용히 퇴장하는 신비로운 경험을 했을지도 모른다. 그 공간은 마치 "괜찮아, 잠시 쉬어가도 돼"라고 속삭이는 따뜻한 품과 같았다.

우리는 종종 상처를 큰소리로 세상에 말하지 못한다. 때로는 그저 아무런 말도 없이 잠시 사람들로부터 멀어져 조용히 자리를 뜨고 싶어질 뿐이다. 하루의 끝자락에는 언제나 우리 자신을 위한 한 자리가 조용히 비어 있다. 치열했던 오늘을 견뎌내고, 그 빈자리에 앉아 조용히 자신을 조심스럽게 껴안는다. 정서적으로 '퇴장'의 의미는 '배척'이나 '포기'가 아니라, 오히려 '수용'과 '허용'의 시간이 된다. 아픔을 밀어내기보다 그 감정이 제자리를 찾고 흘러가도록 내버려 두는 고요한 인내의 시간이다. 그 시간을 통해 마음에 쌓였던 상처는 고통의 흔적에서 삶을 개척하기 위한 용기이자, 우리를 더욱 단단하게 만드는 굳건한 조건으로 변모한다. 그 시간을 견뎌낸 당신은, 이제 더 이상 아팠던 자신을 숨기거나 애써 감출 필요가 없다. 당신의 상처는 이제 당신의 방패가 되었기 때문이다.

흔들림 속에서도 평온함을 지켜온 시간이 나를 온전히 품고 있다는 사실을 우리는 깊이 인식해야 한다. 그 속에서 모든 상처가 치유되고 아물어가는 듯한 느낌을 받을 수 있다. 그 과정을 통해 얻은 평정은 날마다 살아가는 삶의 소중한 일부분이 된다. 평온은 삶의 고통을 기꺼이 마주하고, 그 속에서도 흔들리지 않는 내적 공간을 발견하는 시간이다. 시련은 삶의 본질적인 조건이며, 피해야 할 대상이 아니라 내일을 향해 우리를 이끌어 주는 발자국이자 이정표가 되어야 한다. 이처럼 평범하게 보이는 사실이 얼마나 소중한 시간인지 우리는 비로소 깨닫게 된다. 일상에서 얻는 작고 조용한 평화야말로 삶의 진정한 가치이자, 우리를 지켜주는 굳건한 방패가 된다. 세상 한복판에서 견뎌낸 당신의 모든 시간이 곧 자신을 지켜주는 힘이 되는 것이다.

결국, 그저 오늘 잘 버텨냈다는 사실만으로도 우리의 삶은 매우 깊고 의미가 있다. 안에 품었던 상처를 외면하지 않고 온전히 견뎌냈다는 사실 자체가 우리 존재 깊은 곳에서 따스한 위로로 작용한다. 나무는 물이 부족하면 더 넓게 가지를 뻗기보다, 더욱 깊이 뿌리를 내려 숨겨진 수분을 찾아낸다.

이처럼 현실에서 흔들리고 있다면 오히려 안심해야 한다. 그것은 당신이 여전히 살아 숨 쉬고 있고, 더욱 단단하게 자라고 있다는 생생한 증거이기 때문이다. 봄바람에 피어나는 꽃은 언제나 제 시기를 잃지 않으며, 거친 비바람에도 더 낮게 몸을 낮춰 그 순간을 견뎌낸다. 단 한 번도 그 꽃이 바람에 영원히 꺾인 적은 없다. 무너지지 않으려는 숭고한 생명의 본능은, 때로는 소리 없이 피어난 한 송이 꽃에서 우리는 깨달음을 얻는다.

삶이란 인내를 안고 끝끝내 넘어지지 않으며 살아가는 길이다. 흔들리는 것은 삶의 피할 수 없는 조건이지만, 그 속에서도 허물어지지 않는 것은 우리 인간의 굳건한 태도에 달려 있다. 비록 그 태도를 갖추는 것이 쉽지 않을지라도, 감정의 흔들림을 애써 회피할 필요는 없다. 고통을 회피하기보다, 어려움을 극복하고 고민하며 나아가는 삶이야말로 아무런 동요 없는 삶보다 훨씬 더 온전하고 깊이 있는 삶을 완성하고자 하는 뜨거운 의지를 담고 있다. 그렇게 우리는 매일 조금씩 성장해 가는 것이다.

나를 토닥이는 일

학기 초 사회 문화 수업 첫 시간에 학생 한 명이 조심스레 손을 들었다. "선생님, 우리가 배우려는 사회 문화 1단원의 공부는 교과서 위주로만 학습하면 될까요?" 아이의 방식은 익숙한 정답의 틀에서 살짝 벗어나 있었다. 그리고 잠시 망설이는 학생의 모습이 보였다. 그 작은 눈빛 속에 기대와 함께 다양한 생각이 스치고 있는 것 같았다. 나는 마음을 다잡고 부드럽게 말했다. "용기 있게 질문해주어서 칭찬해주고 싶어요, 학생이 왜 그렇게 생각했는지가 더 중요해요." 나의 말에 아이는 고개를 끄덕이며 조용히 자리에 앉았고, 수업은 다시 잔잔하게 흘러갔다. 그리고 수업 시간이 지난 후 시간을 내서 학생에게 자세히 학습 방법을 알려주었다.

그 순간 나는 다시 한 번 깨달았다. 수업은 단순히 정답을 가르치고 지식을 주입하는 일이 아니었다. 그것은 아이들의 마음속에 탐구의 불씨를 지피고, 스스로 흥미를 느끼며 배움의 즐거움을 깨닫게 하는 숭고한 행위였다. 교실은 결코 완성된 인간을 길러내는 공장이 아니다. 오히려 미완성인 존재들이 끊임없이 탐색하고 질문하며, 결국에는 세상 속에서 자기답게 살아갈 수 있도록 돕는 따뜻한 토양이었다. 교사는 답을 쥐여주는 사람이 아니라, 무한한 질문이 자라날 수 있는 비옥한 토양이 되어야 한다. 학생 자신을 믿고, 때로는 실수 앞에서 자신을 토닥일 줄 아는 마음을 갖도록 이끌 때, 비로소 성공적인 교육이 이루어질 수 있다. 작은 손을 들어 올린 그 용기가 바로 교육의 아름다운 출발점임을 나는 안다. 교사는 교실의 중심에서 화려하게 빛나지 않아도 괜찮다. 그저 어둠 속을 밝히는 한 줄기 불빛이 되어 아이들의 앞길을 비춰주어야 한다는 생각으로 매일을 살아간다. 수업 중 학생들의 순수한 모습 속에서 나는 어김없이 변화의 작은 싹을 발견하곤 했다.

교육이란 어쩌면, 그 한순간의 변화를 기다리며 끝없는 인내와 희망을 지키는 일이다. 당장 눈에 보이는 반응이 없더라도, 흔들림 없이 그 자리에 온전히 서 있으려는 의지를 지켜내는 것이다. 내 이름이 세상에 크게 알려지지 않아도 좋다. 그저 그 자리에서 하루를 살아내는 사람으로 남고 싶었다. '교사'라는 이름으로 아이들 앞에 서 있지만, 교육의 길은 늘 외롭고 험난한 오솔길과 같다. 아이들의 마음은 쉬이 열리지 않고, 작은 상처 하나에도 이내 마음의 문을 굳게 닫아버리기 때문이다. 그러나 그 닫힌 문이 언젠가는 활짝 열릴지도 모른다는 희망의 씨앗을 품고 오늘도 같은 자리에서 기다리는 것이 바로 교육이다. 지금 이 자리에서 내가 해야 할 일은 정답을 가르쳐주는 것이 아니다. 아이들이 좌절의 순간에도 포기하지 않고 다시 일어설 수 있도록, 그저 곁에 머물며 든든한 버팀목이 되어주는 일이다. 학생들은 자기 삶의 주인공이며, 그들의 목소리가 세상에 묻히지 않도록 끝까지 그 옆에 서 있어 주는 것, 그것이 소명이라 믿고 나를 토닥여본다.

어느 날, 하루의 끝자락에서 나를 아프게 한 말은 다른 사람의 몫이 아니었다. 지친 날이 끝나고 문득 마주한 내 속삭임이었다. "넌 왜 이것밖에 못 하니?" 그 말은 나에게 무심코 던진 가혹한 비난이었다. 다른 사람들의 시선 속에서 어찌어찌 잘 해냈을 때도 겨우 안도의 한숨을 쉬었을 뿐, 내 안의 나는 작은 실수 앞에서는 그 누구보다 차가운 비판자가 되곤 했다. 나 자신에게 따뜻한 위로 대신 엄격한 채찍질을 휘두르던 지난날들이 주마등처럼 스쳤다. 물론 자아의 비판이나 후회도 필요한 경우가 많다. 그러나 흔한 비판의 일색으로 자신을 폄하시킨다면 나는 일어날 수 없다. 실패나 위기의 상황에서 스스로 위로하고 격려하는 사람이 되어야 하는 필요성을 느껴본다.

루이즈 헤이는 이렇게 말했다. "당신이 본인에게 하는 말이 매우 중요하다. 그 말이 당신을 만든다." 그 문장을 처음 마주한 날, 나는 거울 앞에서 오랫동안 가만히 서 있었다. 수많은 날을 얼마나 많은 부정적인 말들로 스스로를 규정하고 단정해 왔는지 그제야 깨달았다. 그래서 그날 처음으로 조심스럽게, 그리고 떨리는 목소리로 나 자신에게 말을 건넸다. "오늘도 넌 정말 잘 해냈어. 참 고생 많았지." 작고 서툰 말이었지만, 그 말은 놀라울 만큼 깊이 내 마음에 스며들었다. 마치 오래 기다렸던 사람이 그제야 고개를 들고 눈을 맞춰 나를 깊이 바라보는 듯한 따스한 느낌이었다. 그 순간, 내가 얼마나 오랫동안 자신을 외면하고 냉정했는지를 깨달았다.

다큐멘터리 속에서 프레드 로저스 씨의 목소리가 귓가에 맴돌기 시작했다. "당신은 당신이기 때문에 사랑받을 자격이 있습니다." 그 말은 마치 오래전에 잃어버렸던, 나 자신에게 건네고 싶었던 순수한 문장처럼 느껴졌다. 나는 그날 처음으로 나 자신을 진심으로 안아주었다. 나를 토닥이는 일은 결국, 다른 누구도 아닌 바로 '나'라는 존재를 온전히 인정하고 받아들이는 데서 시작되는 것이다. 자기 자신을 조용하고도 다정한 친구로 삼아, 세상의 어떤 말보다도 따뜻한 위로를 건네는 것이다. 그것이 바로 상처 입은 나를 치유하는 힘이 된다.

교무실에서 앉아 평가 관련 업무를 하다가, 문득 내일 가르쳐야 할 교과 내용들을 정리했다. 어떻게 하면 학생들이 더 쉽고 재미있게 이해할 수 있을지 지도 방법을 구상해 메모를 남겨본다. 단 한 명의 학생이라도 "선생님 수업이 정말 기다려지네요"라고 말해준다면, 그 작은 한마디로 다시 힘을 얻을 수 있다. 그 말이 단순히 스쳐 지나가는 말일지 몰라도, 교사의 가슴속에는 오래도록 머무는 감동이 되어 존재한다. 한 사람의 삶에 작은 바람이 되어주는 일이 얼마나 큰 의미를 지니는지 알기에, 나는 오늘도 이 자리에 감사함을 느껴본다.

삶은 희망과 절망 사이를 끊임없이 오가며 우리를 남긴다. 모든 날이 햇빛처럼 찬란할 수는 없고, 모든 순간이 포근한 품에 안겨 있는 것도 아니다. 그러나 잊지 말아야 할 진실은, 우리가 모두 무엇인가로 연결되어 있다는 사실이다. 그것은 오히려 함께 살아가고 싶다는 인간 본연의 순수한 갈망일 것이다. 마음속에 조용히 빛나는 그 작은 불빛 하나를 부디 꺼뜨리지 말자. 결국, 삶을 아름답고 의미 있게 만드는 것은 거창하고 화려한 사랑이 아니라, 소리 없이 곁에 있어 주는 존재의 따뜻한 그림자이다. 그 마음 하나로, 우리는 이 복잡한 세상을 함께 살아갈 수 있다. 그리고 그 여정 속에서 자신을 토닥이는 일이야말로, 삶을 빛나게 하는 중요한 사랑임을 잊지 말자.

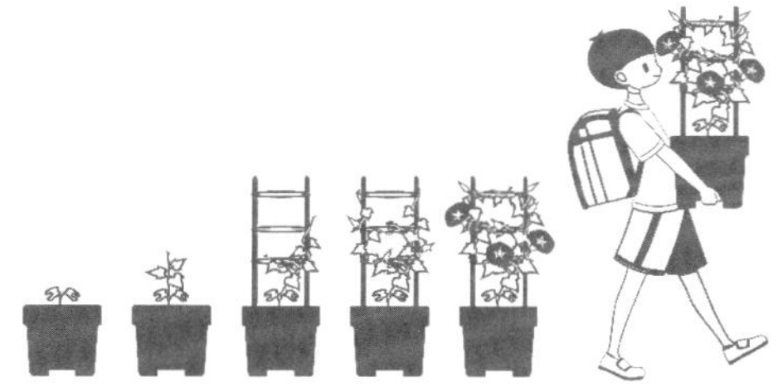

05 마음도 훈련이 된다

바람이 이끄는 대로

마음이 흘러간다 해도

그 마음을 다스리는 일은

결국, 내 안에서 시작된다.

세상이 변하면 자연스럽게 나 또한 변할 것이라 착각하기도 한다. 외부의 환경과 조건이 바뀌면 삶의 모든 문제가 해결될 것이라는 막연한 꿈을 꾼다. 하지만 시간이 흐르고 다양한 경험들이 겹겹이 쌓일수록, 진정한 변화는 외부의 변화가 아니라 내면의 다스림에서 비롯된다는 진실을 깨닫게 된다. 겉모습의 변화는 일시적이지만, 마음의 변화는 뿌리 깊은 성장을 가져온다.

육체의 나이는 숫자로 명확히 환산할 수 있지만, 마음의 나이는 그렇게 간단하지 않다. 얼굴에 자리 잡은 주름살과 다르게 느껴지는 체력의 한계는 우리에게 '예전 같지 않다'라는 사실을 끊임없이 말해준다. 그러나 이런 명백한 신호에도 우리는 나이가 들어가는 것에 대해서 쉽게 동의하지 않는다. 어떤 날은 몸이 깃털처럼 가벼워 스무 살 청춘처럼 느껴지기도 하지만, 또 어떤 날은 나이에 비해 지나치게 무거운 마음이 육체의 피로를 앞서기도 한다.

난 가끔 스크린 골프를 친구들과 함께 친다. 골프도 나이에 따라 다르고, 체력에 따라 다르고, 심리에 따라 다르다. 물론 나같이 운동을 잘 못하는 사람도 노력하고 연습하면 나아질 수 있다고 한다. 그러나 골프를 치면 칠수록 육체적 훈련이 중요하지만, 마음의 훈련도 중요하다는 것을 이해하게 된다. 모든 경우에 몸과 마음은 시간의 흐름과 반드시 비례하지 않는다. 때로는 오래된 기억에 빠져 허우적대기도 하고, 어떤 날은 사소한 바람에도 갈대처럼 쉽사리 흔들리는 것이 바로 우리의 마음이다.

마음도 육체와 마찬가지로 끊임없이 훈련이 필요하다는 단순한 진리를 망각한다. 아무것도 하지 않고 내버려 두면 마음은 결코 저절로 강해지지 않는다. 오히려 작은 충격에도 쉽게 무너지고, 외부의 작은 자극에도 휘둘리는 유리 조각처럼 연약해질 뿐이다. 마음은 물처럼 흐르는 속성을 지니고 있지만, 분명한 방향을 설정해 주지 않으면 이내 목적 없이 휩쓸려 떠내려가고 만다. 목적 없이 흘러가는 마음은 결국 아무것도 이룰 수 없게 한다.

그러므로 마음은 끊임없이 가꾸고 다듬어야 하는 존재이다. 마음의 진정한 힘은 훈련된 시간 속에서 서서히 자라난다. 작은 실패 앞에서 다시 일어나는 용기 있는 연습, 거센 바람처럼 흔들릴 때마다 나를 붙잡는 연습이 중요하다. 그리고 무너진 날에도 내일을 향해 한 걸음 내딛는 끈질긴 연습이 필요하다. 바로 그 반복과 인내의 시간 속에서 우리의 마음은 분명히 강해지는 것이다. 한계를 넘어서는 훈련을 통해 근육이 성장하듯, 마음 또한 인내의 시간을 통해 단련되는 것이다.

나는 이 진실을 늦게 알게 된 듯하다. 이 깨달음을 조금만 더 일찍 얻었더라면 나의 삶은 어떻게 달라졌을까? 하는 아쉬움에 잠긴 적도 있다. 하지만 중요한 것은 그 진실을 이제라도 알게 되었다는 사실이다. 그리고 지금부터라도 이 진실을 삶 속에서 실천할 수 있다는 희망이다. 후회는 성장의 걸림돌이 아니라, 새로운 시작의 촉매제가 될 수 있다.

마음의 훈련은 어떻게 시작해야 할까? 한 번 쓰러졌다 다시 일어선 사람은 다시 일어설 수 있는 저력을 지니게 된다고 한다. 중요한 것은 넘어지지 않는 것이 아니라, 넘어졌을 때 의연하게 다시 일어나는 그 연습 자체이며, 그것이 바로 마음의 훈련이다. 약해진 마음을 다스리는 일은 쉽지 않다. 그러나 용기를 내어 갈등과 실패 앞에 먼저 손을 내미는 이들은 대개 배려심과 공감 능력을 지니고 있다는 놀라운 사실이 있다. 이것은 남에게나 자신에게나 모두 마찬가지이다. 외부의 갈등을 회피하기보다 해결하려는 그들의 자세를 통해, 그들은 한층 성숙한 결론과 타협점에 도달할 수 있다. 자아의 자신감을 회복하고 자존감을 높여주어야 한다. 이유도 없이 무너지는 상황은 실패를 부르는 일이다. 냉철하게 자신의 강점을 이해하고 바닥을 딛고 일어나야 한다. 이러한 과정을 통해 갈등 해결 능력이 향상되고, 결국에는 어떤 시련에도 굴하지 않고 삶을 극복하는 능력을 쌓게 된다. 결국 중요한 것은 마음을 다스리는 힘이다. 그 모든 잠재력이 내 안에 이미 존재한다는 사실을 깊이 인식하는 것이다.

여기 여성 잡지사의 한 편집장으로 치열한 삶의 현장에서 활약했던 사람의 이야기가 있다. 냉정한 뉴스의 세계에서 '빠르고 정확한 정보'는 그녀의 생존을 위한 절대적인 언어이자 무기였다. 수많은 기사를 쏟아내고, 잊히기 전에 기록해야 했던 현장 속에서 그녀는 매 순간 긴장하며 살아냈다. 세상의 속도에 맞춰 끊임없이 자신을 채찍질해야만 했다.

그러던 어느 날, 그녀는 더 이상 속도에 쫓기는 삶의 굴레를 벗어던지기로 결심했다. 무작정 빨리 달리는 삶이 아니라, 오랫동안 의미를 남길 수 있는 삶을 선택한 것이다. 그녀가 택한 길은 바로 고요하고 아름다운 제주 올레길이었다. 올레길은 그녀에게 단순히 눈부신 풍경을 걷는 공간이 아니었다. 그것은 치열했던 지난날의 자신을 내려놓고, 잃어버렸던 본래의 자신과 다시금 조용히 만나는 치유의 시간이었다. 매일 한 걸음 한 걸음 이어간 그 고요한 여정은 그녀의 마음을 단단하게 다져주었다. 느리지만 조용하고, 그러나 당당한 걸음 속에 삶의 중요한 단서가 숨겨져 있었다. 크고 위대한 발걸음은 아니었지만, 그 시작에는 확신이 있었다. '마음만 먹으면, 나는 바뀔 수 있다.'

그 믿음은 곧바로 실천으로 이어졌다. 그리고 그 꾸준한 실천은 '반복'이라는 이름의 놀라운 힘을 얻었다. 하루에 단 한 번이라도 자신을 깊이 들여다보고 성찰하는 자세를 갖는 일이다. 마음을 다시 일으켜 앞으로 나아가는 일이 처음에는 어렵고 낯설며, 때로는 지루하게 느껴질 수 있다. 하지만 시간이 지나면 들이쉬고 내쉬는 호흡처럼 자연스러워진다. 그리고 그런 과정을 통해 우리는 이전보다 훨씬 더 큰 사람으로 성장해 있음을 깨닫게 된다. 마치 조각가가 돌을 깎아 걸작을 만들듯, 우리 또한 마음을 다듬어 진정한 나를 만들어 가는 것이다.

하버드 의대의 스리니바산 S. 필레이 교수는 그의 저서 『두려움, 행복을 방해하는 뇌의 나쁜 습관』에서 이렇게 말한다. "뇌는 마음을 훈련할 수 있는 아이디어를 제공한다." 그는 단순히 과학적 사실을 전달하는 데 그치지 않고, 마음의 훈련이 어떻게 우리의 삶의 근본적인 방향을 바꿀 수 있는지 깊이 있는 통찰을 제시한다.

어쩌면 삶은 속도의 문제가 아니라 방향의 문제인지도 모른다. 누가 더 빨리 목표에 도달하느냐보다, 어떤 방향과 마음으로 걸어가느냐가 더 중요할 수 있다. 단련된 마음은 비록 겉으로 보기에 느릴지라도, 결국 가야 할 곳에 확실하게 닿게 될 것이다. 조급함에 휩쓸리지 않고, 굳건한 내면의 나침반을 따라 나아가는 힘이 훈련된 마음의 진정한 가치이다.

생각해 보면 우리는 너무 조급했을는지도 모른다. 마음이 단단해지고 제 모습을 찾을 시간을 충분히 기다려주지 못했던 것은 아닐까? 흔들리는 마음을 애써 자책하기보다, 지금부터라도 마음 훈련을 시작하는 편이 훨씬 현명하다. 실패하거나 불안한 삶 앞에서 자포자기하는 대신, 그것을 딛고 한 단계 더 성장하려는 굳건한 의지를 품어야 한다. 마음을 훈련하는 삶은 결국 자신을 지키는 확실한 삶의 방식이다. 어제보다 조금 더 견디는 오늘을 만들고, 외부의 끊임없는 변화와 자극에 흔들리지 않아야 한다. 그 모든 과정이야말로 진정한 성숙이고 성장이다. 마음이라는 거울을 닦고 또 닦아야 한다. 흔들림 없는 나를 마주하는 연습이 우리의 삶을 점점 빛나게 할 것이다.

실행은 최고의 자기애다

살고 싶다면 움직여야 했다
사랑하고 싶다면 말해야 했다
꿈꾸고 싶다면 뛰어야 했다
자기애는 말보다 행위에 있다

우리는 늘 마음속에 무수히 많은 생각과 꿈들을 품고 살아간다. 하지만 그 생각들은 그저 마음에만 머무른 채 좀처럼 행동으로 옮겨지지 못한다. 어쩌면 과거에 비슷한 시도를 해봤지만 별다른 보람을 느끼지 못했던 쓰디쓴 기억 때문일 수도 있다. 혹은 어렵게 용기를 내보다가 실패했던 경험, 남들의 시선 앞에서 상처받았던 기억들이 우리를 다시 일어서지 못하게 붙잡는 것일지도 모른다. 우리가 행동하지 못하는 이유는 그 행동 자체의 어려움이 아니라, 실행이 혹 실패로 이어지지는 않을까 하는 두려움 때문일 것이다.

하지만 오프라 윈프리는 그런 막연한 두려움에 무릎 꿇지 않았다. 그녀의 삶은 가난과 차별, 그리고 헤아릴 수 없는 상처들로 얼룩져 있었다. 하지만 그녀는 그 아픔의 심연 속에 자신을 가두는 대신, 끊임없이 움직이고 자신을 믿는 길을 택했다. 그녀는 화려한 말이나 거창한 약속이 아닌, 끈질긴 행동으로 자신의 무한한 가능성을 세상에 증명해 보였다. 진정한 자기애란 무엇일까? 그것은 단순히 자신을 칭찬하거나 다독이는 데 그치지 않는다. 진정한 자기애는 자신을 향한 굳건한 믿음을 품고, 그 믿음에 따라 삶을 용기 있게 살아가는 것을 의미한다. 그녀는 그 어떤 달콤한 위로의 말보다, 불굴의 실행을 통해 자신을 일으켜 세우고 뜨겁게 보듬었다. 그녀의 삶 자체가 '움직임'이 곧 '사랑'임을 보여주는 증거였다.

우리 역시 더 나은 삶과 의미 있는 존재를 끊임없이 꿈꾼다. 매일 아침이면 많은 다짐을 하지만 그것은 쉽게 말로만 끝나버린다. 우리 자신에게 건네는 흔한 거짓말은 실행하지 못하는 데도 실행할 것처럼 말하는 것이다. 이 달콤한 속삭임은 익숙한 삶의 틀 속에 안주하게 만든다. 그러나 단 한 걸음이라도 몸을 움직이는 순간, 세상을 바라보는 우리의 시야는 전혀 달라진다는 사실이다. 행동한다는 것은 우리가 살아있다는 원초적인 증거다. 그리고 그 생생한 존재감은 곧 자기 자신을 사랑하고 존중하는 진실한 표현이 된다.

때로는 억지로 시작한 일이 삶의 방향을 송두리째 바꿔놓기도 한다. 처음에는 간절히 원하지 않았지만, 사람들의 끈질긴 권유나 어쩔 수 없는 상황 때문에 떠밀리듯 시작한 일들이 오히려 놀라운 성공과 삶의 의미로 이어진 사례는 우리 주변에 많다. 새로운 사업을 시작할 때도 그랬고, 어렵게만 느껴졌던 학문의 길을 걸을 때도 마찬가지였다. 시작은 결코 마음이 이끌었던 것이 아니다. 그저 생각으로 용기를 내어 저질러 보았을 뿐이다. 그러나 그렇게 한 발짝 내딛고 나니, 어느새 그것은 내 삶의 중요한 일부가 되어 있었다. 의지와 욕구가 선행한 것이 아니라, 과감한 용기로 실행한 깨달음이었다.

인터넷에서 우연히 어떤 시인의 이야기를 읽은 적이 있다. 그는 평생을 살아오다 노년에 이르러서야 비로소 시를 쓰기 시작했고, 마침내 권위 있는 신춘문예로 등단했다는 감동적인 이야기였다. 처음부터 출판을 꿈꾸거나 이름을 세상에 알리고 싶었던 것도 아니었다. 다만, 오랫동안 생각만 하고 아무것도 행동으로 옮기지 못한 시간이 자신에게 고통스러웠다고 했다. 그래서 그는 '시인이 되겠노라'는 거창한 선언 대신, '오늘 시를 한 편 써보겠다'는 지극히 소박하고 현실적인 선택을 했다. 나이가 많다는 이유를 결코 핑계로 삼지 않았다. 오히려 연륜이 자신을 끊임없이 움직이게 하는 동기가 되었다고 고백했다. 그의 시는 그 자체가 자신이 아직 이 세상에 존재한다는 묘사였다. 마지막 순간까지 열정을 잃지 않은 자기애의 찬가였다.

살아가다 보면, 종종 자신을 탓하곤 한다. 하지 못한 일들, 마음속에만 맴돌고 차마 말하지 못한 수많은 진심. 그 후회는 결국 실행하지 못한 자신에 대한 자책감에서 비롯된다. 하지만 그 후회의 그림자 속에 너무 오래 머무를 필요는 없다. 과거에 대한 아쉬움은 잠시 접어두고, 작지만 의미 있는 하나의 선택을 하는 용기가 필요하다.

사람은 누구나 나이가 들고 육체는 쇠퇴한다. 시간이 지나면 몸은

약해지고, 젊은 시절의 근육들은 그 기억을 잃어간다. 하지만 마음과 의지는 다르다. 그것은 끊임없는 훈련과 반복을 통해 되살아난다. 매일 단 10분이라도 걸으며 하루의 움직임이 허약했던 나를 더욱 굳건한 존재로 만들어 갈 것이다. 한 방울씩 쌓인 물방울이 바위를 뚫듯, 작지만 꾸준한 실행이 우리를 완전히 새롭게 조형한다.

위대한 작가 괴테는 결코 생각만 하는 사상가가 아니었다. 그는 수많은 불후의 명작을 집필하면서도, 실제로 바이마르 공국의 행정에 참여하며 중요한 사회적 책임을 다했다. 그는 자신의 고귀한 철학을 그저 책 속에만 담아두지 않았다. 글에서 말한 그대로의 생을 살았고, 삶 자체로 자신의 믿음을 굳건히 입증해 보였다. 괴테의 삶과 실천은 실행이야말로 진정한 자기를 깨닫고, 자아를 실현하는 방식임을 우리에게 보여준다.

우리도 그렇게 살아야 한다. 미뤄왔던 운동을 당장 시작해야 하고, 멀어졌던 사람들과 다시 용기 내어 말을 섞어야 하며, 무엇보다 생각에 집중하고 귀를 기울여야 한다. 실행이 없는 다짐은 흔적도 없이 사라져 버리는 공허한 메아리일 뿐이다. 진정한 변화는 결국 마음속 내면에서부터 시작되어야 하지만, 그 변화는 반드시 외면의 실천을 통해 완성된다. 자기 자신을 돌보고 사랑하는 일은, 결국 따뜻한 관심과 헌신적인 실천에서부터 가능하다.

"내일로 연기하겠다"라는 말은 결국 "오늘을 포기하겠다"라는 슬픈 선언과 다름없다. "언젠가는 되겠지"라며 막연한 미래만 기다리다 보면, 우리의 생은 어느새 저 멀리 아득하게 멀어져 버린다. 우리에게 주어진 크고 유일한 선물은 바로 지금이다. 거창한 일이 아니어도 좋다. 미뤄왔던 책상을 정리하는 일, 가볍게 동네를 산책하는 일, 우리의 몸이 실제로 움직이는 그 순간은 바로 '나 자신을 잊지 않겠다'는 강력하고 사랑스러운 신호이다.

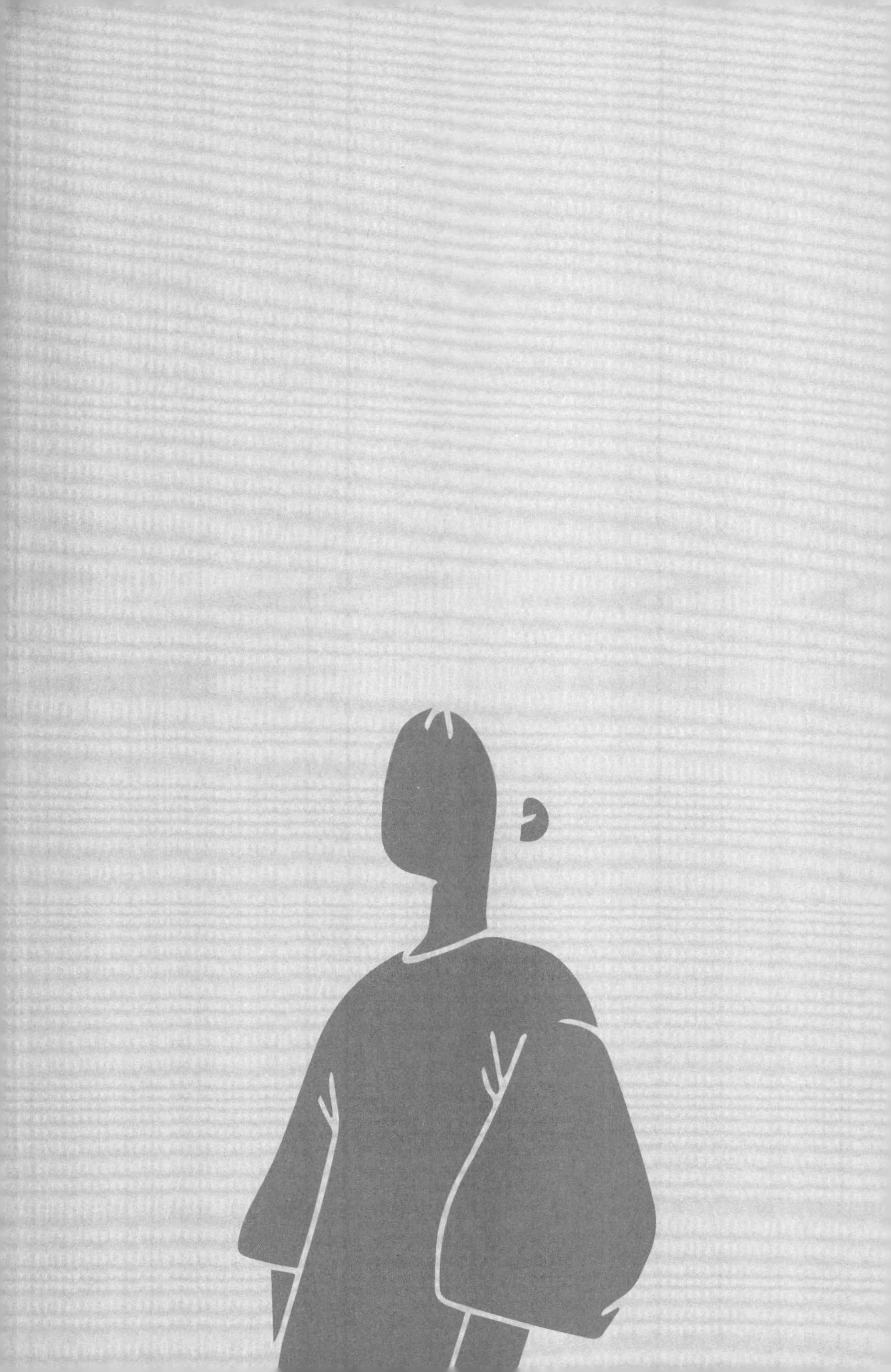

Chapter 6

기적은 믿음으로부터 온다

신념과 희망, 그 조용한 확신

01 어려움을 극복하는 습관

어려움이 있다고

힘들어만 한다면

그 아픔은

끝내 사라지지 않는다

숨은 미소를 찾고

새로움을 발견하자

예상치 못한 순간 모든 계획이 무너지고, 굳게 믿었던 신뢰가 흔들리며, 가슴속 마지막 희망마저 위태롭게 작아지는 날을 누구나 마주한다. 마치 이순신 장군께서 사방이 적에게 포위된 상황에서, 불리한 전세와 압도적인 적군의 수에 절망하기보다 "신에게는 아직 열두 척의 배가 남아 있사옵니다"라고 비장하게 외치셨듯이 말이다. 장군은 눈앞의 패배가 아니라, 위기 속에서도 아직 자신에게 남아 있는 최소한의 자원과 가능성에 집중했다. '잃은 것'에 대한 상실감에 갇히기보다, '남은 것'에서 새로운 시작의 실마리를 찾은 것이다.

그것은 무너지기 쉬운 현실 앞에서 포기 대신 희망을 선택하는 용기 있는 습관이다. 어려움을 이겨내는 것은 단지 '의지'라는 정신력만으로 이루어지지 않는다. 그 의지를 새롭게 다지는 꾸준한 습관 속에서, 삶의 파도를 헤쳐 나갈 힘을 얻을 수 있다. 절망의 순간에서 먼저 해야 할 일은 남아 있는 작은 불씨 하나라도 찾아내어 다시 타오르게 하는 것이다.

힘들 때 그저 참으려고만 하면, 그 아픔은 이상하게도 더 오래 마음에 남아 우리를 괴롭힌다. 하지만 그 순간에서 웃음 하나라도 찾으려 한다면, 삶이 놀랍도록 다른 쪽으로 기울기 시작한다. 숨은 미소 하나를 발견하는 순간, 조용히 방향을 바꾸기 시작한다. 웃음은 단순한 기쁨의 표현을 넘어서 삶을 향한 긍정적이고 적극적인 의지의 표현인 셈이다.

사랑하는 사람들이 곁에 있어도, 문득 온몸을 스치듯 지나간 날에 사로잡히곤 한다. "나는 지금, 어떻게 살아야 할까?" 이 질문은 어떤 마음으로 이 시간을 살아내느냐에 따라 삶은 전혀 다른 얼굴을 가지게 된다. 감정을 억지로 억누르지도 않고, 그렇다고 그 감정에 압도되어 완전히 쓰러지지도 않아야 한다. 다시 말하면 마음속 작은 의지 하나를 찾아내어 나에게 '잘했다'라고 말해주는 습관을 들이는 것이다. 이 말은 단순한 위로에 그치지 않는다. 그것은 감정의 무거운 짐을 조금이나마 나누려는 진솔한 약속이다. 이 작은 습관이 다시 일으켜 세우고, 앞으로 나아갈 힘을 준다는 사실이다. 비록 평범해 보이는 말이지만, 삶을 버텨내고 진정으로 살아가는 데 꼭 필요한 다짐이기도 하다. 자신에게 건네는 이 따뜻한 말 한마디가 우리 존재를 지탱하는 중심이 되는 것이다.

　난 가끔 투명 인간이 되어가는 듯한 막연한 느낌에 사로잡힐 때가 있다. 세상의 어떤 소리도 나에게 닿지 않고, 아무도 나를 인식하지 못하는 것 같은 느낌이다. 하지만 마음속 깊은 곳에서는 이대로 무너지지 말자는 생각이 들기도 했다. 그날부터 매일 단 한 번이라도 웃으려 애썼다. 어색하고 부자연스러웠지만, 그 서툰 웃음 속에 담긴 의지가 조금씩 닫혔던 마음의 문을 열기 시작했다. 그렇게 조금씩 자신을 다시 사랑하는 법을 익혀가고 있었다. 그것은 나만의 생을 위해 노력하며 유지하겠다는 약속이었다.

　우리는 흔히 좋지 않은 감정은 숨기거나 이겨내야 한다고 배운다. 그러나 마음의 아픔을 인정하고, 그 감정 속에 잠시 머무를 수 있을 때 비로소 진정한 치유가 시작된다. 치유의 첫걸음은 어쩌면 어려움 속에서도 '다시 웃으려는 마음'을 먹는 것일지도 모른다. 습관은 마음의 방향을 정하는 지도와 같다. 우리가 어디로 나아가고 싶은지, 자신에게 알려주는 은밀한 언어가 바로 습관이다. 여러 가지 일로 실망하고 포기하고 싶을 때, 사람은 두 가지 길 중 하나를 택하게 된다. 하나는 그 자리에 주저앉아 침몰하는 길이고, 다른 하나는 고통을 발판 삼아 새로운 삶으로 나아가는 길이다. 예를 들면, 매일 일기를 쓰기 시작하는 것처럼, 그 작은 시작이 자신의 인생을 완전히 바꾸는 변화의 시작점이 된다. 허물어진 그 자리에서 다시 마음속으로 웃으며 힘을 내보자. 그것은 내가 아직 살아 있다는 생생한 증거이자, 내

일도 다시 살아갈 수 있다는 희망의 신호이다.

제52회 휴스턴국제영화제에서 브론즈 어워드를 받은 다큐멘터리 『메콩강에 악어가 산다』는 이 '남아 있는 것을 보는 용기'가 얼마나 위대한지를 보여준다. 북한 이탈 청년들이 생명을 걸고 탈북했던 길을 다시 따라가는 그들의 여정은 숨 막히는 두려움과 불확실함의 연속이었다. 그러나 그들은 그 아픔과 두려운 길 위에서 필사적으로 희망을 찾아 한 걸음씩 앞으로 나아갔다. 그들의 숭고한 용기는 우리에게 감동과 함께 인간의 강인함을 다시 한 번 일깨워준다. 우리도 매일 마주하는 생의 크고 작은 어려움 앞에서 '할 수 있다'고 격려하는 말 한마디가 자신에게 필요하다. 어쩌면 삶은 끊임없이 우리를 무너뜨리려 하지만, 그 자리에서 다시 일어나는 것 자체가 진정한 생의 본질일 것이다.

다른 사람에게 따뜻한 위로를 받은 기억이 있다면, 그 위로를 다른 이에게 전하며 누군가의 하루를 살게 한다. 오늘도 세상의 어딘가에서 소망 하나를 하늘로 올린다. 삶의 바닥에서 피어나는 용기는 우리에게 주는 순수하고 강력한 위로다.

아침에 거울 앞에서 "힘내자"고 중얼거리는 그 말이 사실 별것 아닌 것 같지만, 이상하게도 우리의 마음을 붙들고 버티게 하는 힘이 된다. 대단한 비밀 같은 건 없지만, 그런 작고 소박한 습관들이 쌓이고 쌓여 결국 무너질 것 같은 나를 살리는 것이다. 어려움은 우리를 시험하고 지치게 하지만, 그 속에서 역설적으로 새로운 희망을 발견한다. 새롭게 변화하고 용기 있게 한 걸음 내딛는 그 마음이야말로 삶을 움직이는 위대한 힘이 된다. 남아 있는 것을 보는 용기는 오늘을 살아가는 모두에게 필요한 지혜이다. 그리고 내일을 향해 나아갈 수 있는 변치 않는 동력이 된다.

02 나를 다시 일으켜준 말 한마디

물기 없는 나무가 더 깊이 뿌리를 내리듯

상처 많은 마음도 제 자리를 지키려 한다

누구의 위로보다 더 단단한 건

삶을 버텨야만 했던 이유였다

그날의 복도는 숨조차 쉬지 못하게 할 만큼 고요했다. 희미하게 빛나는 형광등 아래, 침묵은 마치 살아 있는 존재처럼 내 어깨를 무겁게 짓눌러왔다. 저물어 가는 도시의 그림자는 그날따라 유난히 더 두텁고 짙어 보여, 그 안에 나까지 영원히 잠식될 것만 같았다. 시간이 멈춘 듯 흘러도 들려오는 것은 빈 복도의 정적뿐이었다. 그 간헐적인 리듬만이 이 모든 것이 아직 끝나지 않았다는, 작고 유일한 증거가 되었다. 그리고 내 마음속에는 한없이 묵직하고 차가운 조각들만 겹겹이 쌓여만 갔다.

그렇게 시간 속에 침잠해 있던 어느 날, 뜻밖의 전화 한 통이 걸려왔다. 수화기 너머의 그는 잠시 숨을 고르더니, 마치 건넬 말의 무게를 신중하게 잰 듯한 나지막한 목소리로 말을 건넸다. "자네가 무너지지 않아야 추운 겨울을 견딜 수 있다네." 그 말은 단순히 위로나 조언이 아니었다. 오직 그 한 사람의 진심이 실려 있었다. 그 한 문장이 내 안의 얼어붙은 시간을 녹여내기 시작했다.

그날 이후, 생의 지표처럼 '뿌리'라는 단어를 자주 떠올리게 되었다. 거센 바람에도 흔들리면서 뽑히지 않는 어떤 의지였다. 말로는 다 설명할 수 없지만 존재 자체로 느껴지는 생명의 자리였다. 여전히 불안과 현실의 막막함이 사라지지 않았지만, 더는 모든 것에 관해 묻고 자책하기를 멈췄다. 주어진 이 자리에서 온 마음을 다하기로 했다. 중심을 잡는다는 것은 조용한 선언이었다.

몇 해 전, 나는 한 통의 편지를 받았다. 겉봉투를 뜯기도 전, 이미 내 마음 한편은 알 수 없는 따뜻함으로 가득 차올랐다. 오래전 담임을 맡았던 제자가 보낸 편지였다. 편지 속에는 이런 글이 담겨 있었다.

"선생님, 그때 기억나세요? 제가 크게 잘못해서 엄청나게 혼날 줄 알았는데, 선생님은 제게 이렇게 말씀하셨어요. '괜찮아. 지금도 잘하고 있어.' 그때는 그 말이 참 이상했어요. 단순히 혼나지 않았다는 안도감 때문만은 아니었어요. 그날 이후, 저는 어쩐지 '나도 괜찮은 사람일지도 몰라'라고 생각하기 시작했어요. 그 말이 제 마음속 어딘가에 깊이 남아 있었나 봐요. 살아가면서 혼자 힘들고 지칠 때면, 저는 선생님의 그 말을 떠올렸고, 그게 제 삶을 많이 붙들어줬어요. 선생님 덕분에, 저는 지금 누구보다 보람 있게 제 삶을 살아가고 있어요."

나는 한동안 그 편지를 손에 쥐고 아무 말도 하지 못했다. 제자의 편지로 무엇인가를 깨닫게 되었다. 무심히 건넸던 말 한마디가, 다른 이의 하루를 다시 살게 하고, 결국에는 인생의 방향을 바꾸는 위대한 씨앗이 될 수 있다는 것을 말이다. 언어는 바람처럼 흩어지지만, 어떤 말은 씨앗이 되어 마음에 심기고 수년이 지나 꽃을 피우기도 한다는 진실을 다시금 깨달았다.

사람은 때때로 지친 마음을 홀로 끌어안고 자신을 깊이 의심한다. '나는 왜 이 모양일까?', '나는 왜 이토록 부족하고 한심할까.' 누군가가 전해준 단 한 줄의 따뜻한 말이 삶의 방향을 완전히 바꿔놓을 수 있다. "괜찮아. 지금도 잘하고 있어." 그건 단순한 위로나 공허한 격려가 아니었다. 넘어지고도 다시 일어설 수 있는 생명의 언어였다.

다른 사람의 말 한마디에 굳게 닫힌 마음이 스르르 녹아내렸던 시간이 있었다. 삶은 그 말을 기억하고 있다는 듯이, 순간마다 다시 돌아와 말을 건네는 듯했다. "너는 매우 소중해. 너는 할 수 있어." 말은 따뜻한 마음에서 비롯될 때 멀리 닿고, 깊이 스며든다는 것을 배웠다. 그날 그 학생에게 건넸던 말이 이제는 나에게 되묻게 한다. "나는 지금, 누군가에게 어떤 말을 건네고 있는가?" 말 한마디로 누군가가 다시 용기를 갖고 일어설 수 있다는 것을 잊지 않겠다고 다시 한 번 다짐해본다.

미국의 한 정신의학 연구에 따르면, 중증 스트레스에 빠진 이들에게 효과적으로 회복을 돕는 것은 단순한 위로나 공감이 아니라, 그들의 잠재력을 인정하고 '역할을 부여하는 언어'라고 한다. 그 말은 마치 존재의 가치를 다시금 일깨워 일으키기 위한 섬세한 문장이다. 실패와 무력감 속에 잠겨 있을 때, 자신이 세상에 귀한 역할을 할 수 있음을 기억하게 해주는 말이다. 그 말이 다시 주저앉은 사람을 일으켜 세우는 기적적인 힘이 된다.

사람들은 말은 바람 같아서 금세 사라진다고 말한다. 그러나 어떤 말은, 세월의 강물이 수없이 흘러도 사라지지 않고 마음에 깊이 새겨진다. 어떤 말은, 차가운 겨울 속에서 얼어붙은 영혼을 따뜻하게 지탱해 준다. 삶을 구원하는 것은 거창한 선언이나 물질적 풍요가 아니다. 누군가가 진심으로 건네는 단 한마디의 말이 사람을 살리고, 삶을 굳건히 지킨다. 조용히 다가와 마음 한가운데 오래도록 머무는 말이 있다. 그것은 포기하려는 순간, 어둠 속에서 한 줄기 희망의 빛이 되어주는 말이다.

우리는 모두, 타인의 따뜻한 그 한마디에 의해 일어났고 길을 걸어 여기까지 왔다. 그 말은 삶의 불안정한 균형을 다시금 바로잡아 주었고, 세상이 끝날 것 같은 날에도 '아직 끝나지 않았다'라는 것을 알려주었다. 때로는 한 사람의 진실한 말이 또 한 사람의 새로운 삶이 된다. 그 생명의 말로 인해 다시 웃을 수 있고, 사랑을 시작할 수 있다. 말은 우리의 삶에 결정적인 변화를 주고, 그 방향과 의미에 지대한 영향을 미친다. 서로에게 건넨 그 짧지만 깊은 말들이 언젠가 누군가의 길고 시린 겨울을 지날 따뜻한 봄이 되어줄 것이다.

기적은 믿음으로부터 온다

사람들로 가득 찬 지하철 안에 서 있으면, 종종 이런 상상을 하기도 한다. 누군가가 내 위에 얹힌 피로와 책임의 짐을 누군가가 잠시만 나눠 들어준다면, 오늘이 조금은 가벼워지지 않을까 하고 말이다. 하지만 현실은 냉정하다. 그럴 수 있는 사람은 아무도 없다. 결국 삶은 '내 몫'이라는 이름으로, 각자의 어깨 위에 얹혀진다.

우리는 누구도 대신 살아줄 수 없는 자신만의 길을 걷는다. 어린 시절에는 부모의 든든한 품이 있었고, 청년 시절에는 친구의 열정적인 동행이 있었으며, 성인이 된 후에는 배우자나 동료의 따뜻한 지지가 곁에 존재한다. 그러나 내 삶의 무게 그 자체를 온전히 감당해줄 수 있는 사람은 단 한 명도 없다. 슬픔과 기쁨도 결국은 나 혼자 감당해야 하는 것이다. 그렇다고 해서 이것이 곧 우리 존재의 숙명적인 외로움만을 의미하지는 않는다. 오히려 그 사실을 정직하게 인정할 때 인생을 더욱 당당하게 마주할 수 있다.

우리는 세상을 원망하는 경우가 있다. 왜 나에게는 특별한 기회가 주어지지 않았는지, 왜 세상은 나의 진심을 알아주지 않고 이해해 주지 않는지, 왜 나만 이토록 무겁고 불리한 짐을 짊어진 것 같은지 반문한다. 그러나 원망의 끝에는 언제나 공허함만 남는다. 세상을 탓하고 타인을 비난한다고 해서 내 생이 절대로 달라지지 않는다. 우리가 해야 할 일은 세상을 향한 원망이 아니라, 삶의 주어진 현실에 대한 겸허한 수용이라는 것을 이해할 필요가 있다. 삶은 예측 불가능한 운명을 받아들이고, 자신에게 주어진 몫을 껴안는 태도에서부터 비로소 진정한 의미를 찾는 법이다.

넬슨 만델라는 그 사실을 온몸으로 증명한 위대한 사람이었다. 그는 남아프리카공화국에서 잔혹한 인종차별 정책에 맞서 싸운 불굴의 지도자였고, 그 대가로 27년이라는 기나긴 세월 동안 감옥에 갇혀 있었다. 27년이라는 시간은 한 인간의 인생에서 얼마나 귀하고 긴 세월인가. 그는 그 시간 동안 젊음을 잃었고, 자유를 박탈당했으며, 사랑하는 가족과도 떨어져야 했다. 그러나 그는 단 한 번도 신념을 꺾거나, 미래에 대한 믿음을 내려놓지 않았다. 감옥은 그의 육체를 가둘 수 있었지만, 그의 위대한 정신과 미래를 향한 비전까지는 결코 가두지 못했다. 그는 어둠 속에서도 미래의 빛을 향해 끊임없이 마음을 열었다. '항상 불가능해 보이지만, 해내고 나면 쉬워 보인다.'라는 의미는 단순한 위로가 아니었다. 그것은 자신의 고통스러운 생으로 직접 입증한, 불굴의 믿음에서 우러나온 언어였다. 만델라가 끝내 이겨낸

것은 단지 인종차별이라는 외부의 억압만이 아니었다. 절망적인 상황 속에서도 굴복하지 않는 인간 정신의 숭고한 신념이었다. 그의 이야기를 떠올릴 때마다 나는 인생을 되돌아본다. 내 앞에 놓인 문제와 어려움은 만델라가 겪었던 고난에 비하면 한없이 작다. 그러나 작은 고난이라도 믿음을 잃는다면 나를 완전히 쓰러뜨릴 수 있다. 결국 중요한 것은 고난의 크기가 아니라, 그 앞에서 내가 어떤 태도를 보이는가이다.

나는 교사이자 시인으로 살아가고 있다. 매일 같은 시간에 눈을 뜨고 같은 길로 출근하며 같은 교실에서 수업한다. 겉으로 보기에 삶은 늘 평범하게 흘러가는 것처럼 보일지도 모른다. 그러나 교단 위에 선다는 것은 언제나 어제와 다른 감정, 어제와 다른 마음을 만나는 일이다. 아이들의 눈빛은 날마다 미묘하게 달라지고, 그 눈빛 속에 담긴 이야기는 매번 새롭다. 퇴근 후 집에 돌아오면 온종일 마음속에 쌓인 수많은 말들이 몰려온다. 그것들을 그냥 두면 내 마음을 지치게 한다. 그래서 그 말들을 시라는 형식에 묶어 흘려보낸다. 시를 쓰는 동안에야 비로소 깊이 숨을 쉬고 평안을 찾는다. 시는 또 다른 믿음의 형식이다. 오늘이라는 삶을 버텨내기 위해 나는 시를 쓰는 것이다.

일상의 끝에서 엘리베이터 안 거울 속에 비친 얼굴은 늘 피곤해 보인다. 세월의 흔적은 얼굴에 남아 있고, 때로는 그 낯선 얼굴이 어딘가 낯설게 느껴지기도 한다. 하지만 그 순간 거울 속의 나에게 작은 인사를 한다. 다른 사람의 따뜻한 위로를 애써 기다리기보다는 먼저 자신을 따뜻하게 다독이는 일이다. 내게 건네는 한마디가 가까운 위로가 된다. 이 짧은 문장이 내일로 이어지는 견고한 다리가 된다.

스티브 잡스는 스탠퍼드 대학 졸업식 연설에서 이렇게 말했다. "You have to trust that the dots will somehow connect in your future." 언젠가는 지금은 제각각 흩어져 보이는 점들이 미래에 하나의 의미 있는 선으로 연결될 것이라는 굳건한 믿음을 가지라는 말이다. 삶은 언제나 불확실성의 연속이다. 눈앞에는 그저 흩어진 점들만 보일 뿐이다. 그러나 그 점들이 언젠가 하나의 거대한 그림으로 이어질 것이라고 흔들림 없이 믿는 순간, 불안 속에서도 주저하지 않고 힘껏 걸음을 내디딜 수 있다. 잡스가 걸었던 길은 수많은 실패와 좌절로 가득했지만, 그 모든 흩어진 점들이 결국은 그를 새로운 도약과 혁명으로 이끌었다. 우리 역시 마찬가지다. 지금 당장은 이해할 수 없는 사건과 경험들이 뒤엉켜 있을지라도, 언젠가 그것들이 하나의 놀라운 그림을 만들어 낼 것이다. 그 믿음이 없다면 삶은 견디기 어렵다. 그러나 굳건한 믿음이 있다면, 우리는 길이 보이지 않아도 묵묵히 걷는다.

때로는 모든 것을 내려놓고 싶은 날이 불현듯 찾아온다. 그러나 그 순간에도 우리가 다시 일어서는 이유는 단순하다. 아직 삶이 끝나지 않았기 때문이다. 하루를 잘 버텨내면 그것이 쌓여 든든한 내일이 된다. 그리고 그 내일들이 모여 결국 자신도 모르는 사이에 먼 길을 걸어온다. 기적은 화려하게 하늘에서 뚝 떨어지는 것이 아니다. 그것은 쓰러지지 않고 다시 일어서는 평범한 날들의 연속 속에서 조용히 피어난다. 믿음은 보이지 않는 미래를 견디게 하는 힘이며, 그것은 우리를 기어코 앞으로 데려갈 수 있을 것이다.

우리가 진심으로 남기는 것

기억이란

조용한 울림을 듣는 일이다

그리고 잊힌다는 것은

끝이 아니라

나만 아는 방식의 시작이다

우리는 마음을 온전히 표현하는 데 모든 정신을 쏟아붓는다. 시간이 흐를수록 진심으로 기억하는 것이 단순한 것이 아니라는 것을 깨닫게 된다. 예전에 서울의 충무로 골목에는 낡은 국밥집이 있었다고 한다. 바닥은 삐걱거리고 의자는 제각각이며, 벽에는 세월의 흔적이 얼룩져 있지만, 사람들은 그곳을 유난히 사랑했다. 그곳에는 진솔한 국밥의 맛이 있었고, 서로를 향한 따뜻한 응원이 있었기 때문이었다. 1950년 6·25전쟁이 시작되고 한 젊은 병사가 출병 전날 밤 그곳에 들렀다고 한다. 그는 마지막 국밥을 먹고, 테이블 책상에 작은 낙서 하나를 남겼다. 이곳에 다시 돌아오지 못하더라도 나를 기억해달라는 짧은 문장이었다. 그 후 식당에 들린 다른 사람은 그 글을 바라보며 말없이 눈을 감았다. 그리고 그 문장이 오랫동안 사람들의 기억 속에 여운처럼 남았다고 전해진다.

기억은 소리의 메아리로만 남지 않는다. 말은 허공에 흩어져 잊히지만, 그 말이 남긴 감정은 영혼의 깊은 곳에 스며든다. 손끝에 스치듯 지나간 공기의 감촉, 오래전 봄날 오후 창문 너머 쏟아지던 햇살, 낯선 도시에서 혼자 마주한 따뜻한 차 한 잔의 온기… 이 모든 순간이 불현듯 우리의 가슴속에 떠오를 때, 세상이 말하는 화려한 기록이 얼마나 덧없는 것인지 깨닫게 된다. 이름, 업적, 그 모든 표제어들은 결국 시간이 흐르면 먼지가 되지만, 마음에 남겨진 조용한 장면 하나는 사라지지 않는 법이다.

마야 안젤루는 이런 말을 남겼다. "사람들은 당신이 한 말을 잊을 것이고, 당신이 한 행동을 잊을 것이지만, 당신이 그들에게 어떤 느낌을 주었는지는 결코 잊지 않을 것이다." 그녀는 자신의 고통과 삶을 '시'라는 형식으로 승화시킨 위대한 작가였다. 흑인 여성이자 시인으로서 모든 억압과 편견을 밀어내고, 자신의 존재를 언어라는 강력한 도구로 세상에 새겼다. 그리고 그 글은 시대가 변하고 강산이 변해도 감정의 흔적으로 사람들의 마음속에 진심으로 남아 있었다.

어느 시대에나 진정한 정의와 진실은 흔들리는 갈대처럼 위태로워 보일 때가 있다. 권력이 진실을 외면하고, 진실이 침묵을 강요당하는 현실 속에서 사람들은 눈앞의 이익에 휘둘리고 편리한 거짓에 너무나 쉽게 익숙해지곤 한다. '과연 진실은 이 세상에 존재하는가?', '정의는 정말로 승리할 수 있는가?'라는 회의감이 마음을 흔들 때도 있다.

그러나 바로 그 혼돈 속에서, 우리는 마음에 꺼지지 않는 불빛이 되는 결정적인 '말'을 만난다. 그것은 단순한 발언을 넘어 진정성 있는 태도가 어떤 의미인지 깨닫게 한다.

겉으로 드러나는 모습이나 신념만으로는 진심을 다 표현할 수 없을 때가 있다. 오히려 독실해 보이는 종교인조차 이기심에 사로잡히는 모습을 마주할 때, 우리는 '과연 무엇이 진정으로 소중한가?'를 다시금 묻게 된다. 진정으로 양심적인 사람은 말보다는 태도로, 이기심보다는 타인을 향한 사랑과 배려로 자신의 내면을 드러낸다. 스스로의 이기적인 모습을 넘어 타인의 아픔에 공감하고 손 내미는 마음이야말로, 어떤 신념을 넘어선 인류 본연의 따뜻한 빛이 될 것이다.

결국 우리가 이 세상에 진심으로 남기고 싶은 것은 무엇일까. 시대가 변하고 강산이 변해도 사람들의 마음속에 뜨겁게 남아 영원히 기억될 '진심의 흔적'일 것이다. 그 진심은 이기적인 욕망을 넘어선 사랑과 배려로 세상을 밝히는 등대가 되어, 미래를 향해 우리가 던질 수 있는 가장 값진 메시지가 될 것이다.

1863년, 전쟁으로 얼룩진 땅 위에서, 에이브러햄 링컨은 게티즈버그의 무덤 앞에 섰다. 수천 명의 병사들이 희생되었고, 땅은 젊은이들의 피로 젖어 있었다. 사람들의 마음 또한 절망 속에 무너져 내렸다. 그러나 그는 그곳에서 단 하나의 문장으로 시대를 붙잡았다. "국민의, 국민에 의한, 국민을 위한 정부는 이 지구 상에서 사라지지 않을 것이다." 그 말은 단지 정치적 수사나 국가의 슬로건이 아니었다.

그것은 인간 존엄에 대한 확고한 믿음이었고, 모든 인간은 평등하다는 전제를 자신의 생명으로 증명하려 했던 한 사람의 숭고한 고백이었다. 그의 말은 결코 책 속에만 갇히지 않았다. 교과서에 실렸고, 수많은 대통령의 연설 속에 반복되었으며, 영화의 한 장면에서 다시금 생명을 얻어 되살아났다.

그러나 그보다 더 중요한 것은, 그 문장이 여러 세기가 지난 지금도 우리의 마음을 다시 뜨겁게 만든다는 사실이다. 링컨의 연설은 단지 과거의 기록이 아니다. 그것은 지금도, 무너져가는 민주주의의 경계에서, 잊힌 정의를 되살리려는 사람들의 가슴속에 생생하게 살아 있다. 그가 남긴 말은 분명 '언어'였지만, 그 말은 더 이상 말로만 남지 않았다. 그것은 시대를 관통한 하나의 변치 않는 진실이 되었고, 사람들의 행동이 되었으며, 그들의 선택과 희생을 통해 증명되고 있다. 모든 것이 없어지는 순간, 우리가 붙잡을 수 있는 단 하나의 줄은 바로 그런 말이다. 시간이 흘러도, 오래 남는 것은 믿음에서 비롯된 '말의 무게'인 것이다.

기억은 언제나 조용히 찾아온다. 그리고 문득 인생을 지탱하는 것이 거대한 사건이나 업적이 아니라, 그처럼 조용하고 변치 않는 사랑과 다정한 흔적들이었음을 깨닫는다. 사람들은 타인의 시선 속에 자신의 존재를 확인하고 싶어 한다. 다른 사람이 나를 기억해주기를 간절히 바란다. 그러나 진정으로 중요한 건 자신이 나를 어떻게 기억하느냐다. 스스로 따뜻하게 돌아보는 그 기억이야말로 꺼지지 않는다.

세상의 수많은 장면이 잊힌다 해도, 마음속에서 여전히 반짝이는 그 순간은 영원히 살아 있다.

우리가 타인에게 건넨 웃음 하나를 기억해본다. 끝내 포기하지 않았던 다정한 손길. 그 모든 순간이 생을 더 빛나게 했다. 그리고 그 순간들은 자신의 마음을 지켜냈다. 기억하지 않아도 여전히 그 장면들이 마음속에서 생생하게 살아 숨 쉬고 있다면, 이미 그것은 잊히지 않을 진실이 된 것이다. 세상은 언젠가 모든 것을 지워버릴지 모른다. 하지만 진심은 마음에 남아 아무도 닿을 수 없는 곳에 새겨진다. 그리고 그 진심이 빛나는 사람은, 이미 세상에서 오래 남는 삶을 살고 있다는 것이다. 지나간 다정한 순간들이 여전히 누군가의 마음속에 있다면, 우리는 이미 오래도록 기억될 사람인 것이다.

계획은 또 다른 기다림이다

하루의 길이를 나누어

조금씩 나를 꺼내본다

기억을 정리하고

의지를 펼쳐놓는다

나는 나를 설계하는 중이다

누군가는 '계획'이라는 단어에서 통제를 먼저 떠올린다. 계획이 마치 나를 꽁꽁 묶어두는 족쇄처럼 느껴지는 것이다. 그러나 계획은 나를 구속하기 위한 차가운 도구가 아니라, 자기 자신을 사랑하기 위한 또 다른 따뜻한 방식이다. 그것은 마치 소중한 이를 위해 세심하게 삶을 그려내는 건축가의 마음과 같다.

서울대학교에 입학한 한 학생은 고등학교 시절 겨울방학에 읽었던 책의 한 문장에서 큰 위로를 받았다고 한다. 그 문장은 "행복해지려 하지 말고 행복하자"는 문구였다고 한다. 이 짧지만 묵직한 구절은, 계획이라는 틀 속에서 자신을 몰아세우기보다, 있는 그대로의 자신을 존중하고 품으라는 진정한 메시지를 건넨다. 계획은 다그침이 아니라 성숙한 나로 자라나기 위한 것이다.

나는 자녀들이 초등학교에 다닐 때, 집에서 수학 등을 직접 가르쳐 본 적이 있다. 사실 단순한 지식을 가르친다기보다는, 아이들 스스로 공부하는 방법을 길러주려는 의도가 더 컸다. 일정한 틀을 만들어주고, 그 안에서 자기 주도적으로 시간을 설계하고 공부하는 능력을 키워주려 애썼다. 자녀들과 함께 방학이 시작되기 전, 그리고 끝난 뒤마다 마주 앉아 계획서를 함께 썼다. '이번 방학 동안 내가 꼭 해내고 싶은 일', '오늘의 학습 분량', '방학 동안에 하고 싶은 특별한 일'. 이런 소박한 항목들이 담긴 계획서였다. 아이들은 처음엔 답답해하고 힘들어했지만, 점점 시간을 설계하고 통제하는 능력을 키워갔다.

그것은 단순한 공부보다 훨씬 중요한 삶의 훈련이었다. 무엇을 먼저 해야 하는지, 오늘 어디까지 해낼 수 있는지를 스스로 정하는 일. 그것은 곧 자기 자신을 알아가고 사랑하는 자기애의 연습이었다. 이후 고등학교를 졸업한 후 아들은 연세대학교에 진학했고, 딸도 한국교원대학교에 진학해 교육을 배우는 길을 걷게 되었다. 여기에는 자녀들이 스스로 노력하여 좋은 시험 결과를 얻은 진정한 이유가 있었다. 한편으로는 그들이 자신의 인생을 존중하고 설계하는 방법을 일찍이 깨달았기 때문에 그 길에 설 수 있었다고 생각해 본다.

계획이란 삶이 흔들릴 때 놓치지 않고 붙잡을 수 있는 작은 손잡이와 같다. 가정과 직장이라는 두 가지 무대 위에서 이 작은 손잡이 덕분에 나의 삶 또한 많은 도움이 되었다. 이유 없이 조급해질 때도 일상의 계획은 나를 놓지 않고 붙들어 주었다. 세세한 미래의 계획은 살아가는 방향을 잃지 않게 해주는 나침반이 되었다. 나는 그 방향을 바라보며 다시 길을 찾아 걷는 힘을 얻었다.

　스릴러 영화『서브스턴스』속 주인공 엘리자베스의 비극적인 이야기는 우리에게 울림을 준다. 그녀는 TV 에어로빅 쇼 진행자로 활약하던 50세가 되던 날, 더는 젊고 섹시하지 않다는 이유로 해고를 당한다. 스스로에게 "몸을 사랑하라"고 외치던 그녀는 정작 자신의 늙어가는 몸을 도저히 받아들이지 못하고, 결국 노화와 주름, 체형 변화를 혐오하게 된다. 엘리자베스는 젊음과 아름다움에 대한 사회적 강박, 그리고 자신을 있는 그대로 받아들이지 못하는 내적인 갈등 속에서 '서브스턴스'라는 약물을 택하고, 이는 그녀의 육체와 정신을 파멸로 이끌게 된다. 그녀의 비극은 단순히 자기 관리의 부재가 아니라, 자기 자신에 대한 수용의 결여에서 비롯된 것이었다.

　계획은 단순한 행동 지침을 넘어, 혼자인 현재의 나와 '미래의 나'가 손을 맞잡는 행위다. 지금의 내가, 내일의 나에게 보내는 따뜻한 동작이자 약속이다. 우리는 누구보다 자기 자신을 사랑하기 어렵다. 자신의 약점과 실수, 세월의 흔적인 주름과 과거의 후회를 가까이서, 생생하게 보기 때문이다. 하지만 사랑받아야 할 존재 또한 바로 자기 자신이다. 자기애란 거창한 외침이나 감정의 분출이 아니다. 매일 자신을 향해 조용히 반복하는 '계획'이라는 섬세한 언어일 수 있다. 그것은 사소해 보이지만 오직 나를 위해 건네는 진심 어린 다정함이다.

　나는 종종 책상 앞에 앉아 계획을 짤 때 자신에게 묻는다. '오늘 나는 무엇을 할 것인가? 그리고 그 과정에서 마주할 나의 감정은 어떻게 다루어야 할까?' 어떤 일을 얼마나 이룰 것인지의 성과보다, 내가 견뎌야 할 마음의 무게를 정직하게 판단하고 인정하는 일이 더 중요할 때도 있다.

'아침을 어떻게 시작하고 있는가?' 이 질문은 단지 아침 루틴을 묻는 것이 아니다. 그건 지금 당신이 자기 자신을 대하는 태도의 거울이 된다. 그 하루의 첫걸음에 당신 자신의 진심이 온전히 담겨 있는가? 모든 순간이 자신을 돌보고 있다는 조용하고도 확실한 증거가 되어줄 것이다. 그리고 그 증거는 언제나 말이 아닌 행동 속에 굳건히 존재한다.

자신을 사랑하는 구체적인 방식은 바로 하루의 설계에 '당신을 위한 자리를 하나 마련하는 것'에서 시작된다. 계획은 나를 존중하는 언어이며, 또 다른 조용한 기다림이다. 우리는 마땅히 존중받아야 할 존재이며, 무한한 사랑을 받을 자격이 있는 사람이다. 미래에 대한 희망, 그리고 그리움 속에 당신의 오늘이 있고, 그 모든 것을 담아내는 계획이 있다는 것을 잊지 말아야 한다.

나를 매일 갱신하는 삶

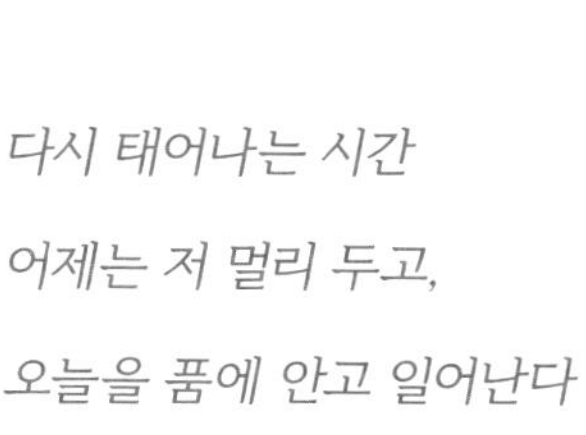

다시 태어나는 시간

어제는 저 멀리 두고,

오늘을 품에 안고 일어난다

어제의 나를 잊고,

아침은 새로운 나를 깨운다

매일 아침에 눈을 뜨는 순간은 생물학적인 깨어남에 그치지 않으며, 어제의 나와 조용히 작별을 고하는 하나의 신성한 의식이다. 어쩌면 삶이 우리에게 매일 베푸는 귀중한 선물이다. 창문을 타고 스며드는 아침 햇살은 다시금 새로운 존재로 빚어낸다.

나는 오늘 누구로 살아갈 것인가? 나는 무엇을 진정으로 사랑하며, 무엇을 어제와는 다르게 느끼고 받아들일 것인가? 그 근원적인 질문 하나가 나를 어제의 나로부터 분리시키고, 오늘이라는 이름의 완전히 새로운 존재로 이끈다. 이 아침은 어제를 겸허히 뒤로하고 오직 오늘에 충실히 집중하게 만든다.

버지니아 울프는 20세기 영국 문학을 대표하는 위대한 작가다. 그녀는 여성주의 비평의 선구자이자 의식의 흐름 기법을 개척한 실험적인 소설가다. 그녀는 인간의 섬세한 감정과 여성으로서의 정체성을 깊이 있게 탐구하며 문학사에 지대한 영향을 끼쳤다. 그녀는 자신의 글 속에 삶의 혼란과 고통을 걸러내며, 자기 삶의 감정들을 섬세하게 엮어냈다. 그녀에게 글쓰기는 단순한 창작 활동이 아니었다. 그것은 마치 호흡과도 같은 하나의 생존 방식이었다. 세상의 무자비한 속도에 흔들릴 때마다, 자신을 문장이라는 언어로 매일 고치고 수선했다. 그 끊임없는 수선의 흔적들이 모여 한 사람의 견고한 존재가 되었다. 그렇게 그녀는 세상의 거친 말이 아닌, 자기 언어로 자기 생을 매일매일 갱신했다.

삶은 마치 같은 하루가 끊임없이 반복되는 것처럼 보이지만, 실상은 단 한 번도 완전히 같았던 날이 없다. 어제 걸었던 길 위에도 오늘은 또 다른 바람이 불고, 같은 사람을 만나도 매번 다르게 느껴진다. 시간은 언제나 스스로를 새롭게 갱신하고 있다. 문제는 우리가 그 미묘한 변화를 알아차릴 만큼 충분히 깨어 있는가 하는 점이다. 인생의 진정한 가치와 아름다움은 바로 그 '깨어 있음'에 있다. 깨어 있는 사람은 반복되는 일상에서 새로움을 발견하고, 갇혀 있는 듯한 한계 속에서도 새로운 문을 찾아낸다.

우리는 날마다 수많은 선택 앞에 서게 된다. 하지만 그 선택이 단지 외적인 조건이나 상황에 따라 수동적으로 이뤄진다면, 그것은 진정한 의미의 갱신이 아니라 현실에 대한 단순한 반응일 뿐이다. 갱신은 내면에서 시작된다. 그것은 무엇보다 먼저 '태도'를 바꾸는 데서 비롯된다. 세상을 바라보는 눈을 다시 맑게 닦고, 나의 존재를 새롭게 정의한다. 어제까지의 내가 너무나 당연하게 여겼던 것들에 대해 다시 질문하는 데서 출발한다. 오늘도 내가 굳게 믿는 것들을 의심할 수 있는 용기를 가지고 있는가? 나는 오늘을 살아가는 이유를 진심으로 고백할 수 있는가? 만약 그럴 수 있다면 우리는 어제와는 완전히 다른 사람으로 오늘을 살아가는 것이다.

고대 그리스의 위대한 철학자 소크라테스는 "나는 아무것도 모른다는 것을 안다"라고 말했지만, 그것은 결코 무지의 선언이 아니었다. 그는 날마다 자신이 안다고 믿었던 앎을 의심했다. 삶을 끊임없이 재구성했으며, 대화를 통해 자신을 해체하고 다시 짜 맞추는 작업을 쉼없이 반복했다. 그의 일생 자체가 하나의 위대한 철학이었고, 그 철학은 자신을 새롭게 사는 방법을 보여주었다. 그에게 지혜란 정답을 아는 것이 아니라 질문하는 힘이었고, 그 질문은 곧 자기 자신을 끊임없이 갱신하였다.

갱신은 커다란 결심이나 거창한 선언에서 비롯되지 않는다. 오히려 작고 미미한 반복 속에서 일어난다. 이를테면 매일 아침 같은 시간에 일어나는 것, 침대 정돈을 하는 것과 같은 사소한 태도들이 모여 우리의 인격을 다시 빚고, 우리의 삶을 새롭게 설계한다. 그리고 그것들이 꾸준히 쌓여 진정으로 원하는 사람이 된다. 작은 변화가 모여 큰 물결을 이루는 것처럼, 삶의 갱신도 작은 일상에서부터 시작한다.

스티븐 코비는 그의 명저 『성공하는 사람들의 7가지 습관』에서 우리 삶을 능동적으로 재구성하는 법을 제시했다. 그 첫 번째 습관인 '적극적인 태도'는 삶이 우리에게 무언가를 하도록 강요하기 전에, 우리가 먼저 삶에게 말을 거는 주체적인 방식이다. 나는 매일 고요 속에서 묻는다. 오늘 어떤 감정으로 이 하루를 살아갈 것인가? 나는 어떤 방향으로 나의 오늘을 이끌 것인가? 이 질문은 운명을 결정짓는 열쇠가 된다. 그의 두 번째 습관인 '끝을 생각하며 시작하라'는 삶의 방향성을 잃지 않는 법에 대해 말해준다. 명확한 목적 없는 하루는 결국 우연에 끌려다니고, 타인의 기준에 쉽게 휘둘리게 된다. 우리가 설정한 삶의 목적이야말로 혼란 속에서도 길을 잃지 않는 굳건한 내적인 나침반이 된다. 아침마다 내 일생의 최종 목적지를 떠올리고, 그 목적을 향해 한 걸음 다가갈 수 있는 작은 일들을 찾는다. '소중한 것을 먼저 하라'는 세 번째 습관은 우리가 삶의 본질로 돌아가는 방식을 알려준다. 우리는 자주 긴급한 일에 밀려 정말 중요한 것을 미뤄두고, 그렇게 미뤄진 중요한 일은 매일 '내일'로 밀리다가 결국은 사라진다. 하지만 오늘 내가 먼저 해야 할 것은 무엇이며, 먼저 마주해야 할 감정은 무엇인가? 그렇게 본질을 우선할 때 삶은 정리가 되고, 마음은 자연스럽게 제자리를 찾는다.

갱신은 나를 다시 발견하고 사랑하는 숭고한 행위다. 내 안에 잠재된 무수한 가능성을 조심스럽게 꺼내본다. 아직 세상에 쓰이지 않은 나만의 언어를 조용히 찾아내 세계에 새긴다. 그러한 하루의 반복은 결코 지루한 순환이 아니다. 그것은 완성으로 향하는 끊임없는 과정이다. 어쩌면 아직 완성되지 않았다는 사실 자체가 우리 인생을 아름답게 만드는 이유가 된다.

아침은 단지 하루의 시작이 아니다. 그것은 어제를 완전히 내려놓고 오늘을 새로 짓는 성스러운 의식이며, 누구를 위한 퍼포먼스도 아니다. 그것은 오직 나 자신에게 바치는 사적인 기도이며, 나는 그 기도 속에서 오늘을 살아가기 위한 다짐을 하고, 날마다 새로운 사람으로 살아간다. 삶을 근본적으로 변화시키는 것은 거대한 사건이나 외부의 충격이 아니다. 오히려 그것은 아주 작은 질문에서 시작된다. "오늘 나는 어떤 사람으로 살아갈 것인가?" 이 질문 하나면 충분하다. 그것은 어제의 나로부터 나를 건져내고, 오늘이라는 선물 같은 시간 속에 다시 태어나게 만든다. 그렇게 어제를 겸허히 사랑하고 오늘을 충실히 살며 내일을 담대하게 준비하는 사람이 된다. 이것이 바로 우리를 매일 갱신하는 삶의 지혜로운 방식이다.

07 시작하는 사람이 되기로 했다

새벽은 시작하는 사람

아직 닿지 않은 길 위에

조용히 한 걸음을 내디딘다.

그 한 걸음은 어제와 작별하는 인사

나에게 보내는 첫 번째 약속이었다

자신을 새롭게 디자인하는 시간임을 깨달을 때, 비로소 진정한 일상을 시작할 수 있다. 반복되는 일상에서 살아가지만, 아침은 그 자체로 새로운 기회를 제공한다. 나는 아침을 새롭게 시작하는 시간으로 맞이하고, 살아가는 방향을 새롭게 정한다. 어제의 고민, 피로, 불안은 모두 과거일 뿐이다. 오늘은 새로운 시작이고, 그 시작을 맞이한다. 우리는 아침을 어떻게 시작하는지에 따라 하루의 운명이 달라진다는 사실을 알 필요가 있다.

새로운 시작 앞에 선다는 것이 얼마나 막막하고, 얼마나 두려운 일인지를 알고 있다. 그러나 우리는 그 두려움 앞에서 물러서지 않고 굳건히 서 있어야 한다. 시작은 그 자체로 순수한 용기이기 때문이다.

뉴욕에서 자라며 글쓰기를 꿈꾸었던 한국계 미국인 셰프 에드워드리는 자기 삶으로 그 용기를 증명한 사람이다. 그는 요리에 빠져 요리사의 길을 선택한다. 그의 책『버터밀크 그래피티』한국어판이 출간되고, 북토크에서 그가 들려준 이야기는 많은 이들에게 여운을 남겼다. 그는 요리를 통해 자신만의 언어를 펼쳐내고, 말을 요리처럼 섬세하게 다듬는 예술가였다. 뉴욕에서 자란 이민자의 자식으로 문학을 꿈꿨던 청년은 결국 '음식'과 '언어'를 동시에 품은 진정한 예술가가 된다. 그는 "나는 소외된 것들에 눈길을 준다. 그것이 나 자신이었고, 나의 정체성이었다."라고 고백한다. 그리고 그는 매일 '시작'하는 사람이었다. 낯선 맛의 실험과 사람들과의 대화, 그리고 그 용기 있는 시작들이 차곡차곡 쌓여 지금의 그를 만들었다.

어쩌면 우리가 느끼는 두려움의 실체는 '무엇이 될지 모르는 나'에 대한 막연한 불안일지도 모른다. 그러나 시작은 항상 불완전한 나를 통과하여 완전한 '경험'으로 나아간다. 시작하는 사람과 시작하지 못하는 사람의 차이는 생각보다 크지 않다.

한 연구에 따르면, 그것은 단지 백지장 한 장 차이에 불과하다. 반복된 '시작의 경험'이 뇌의 특정 부위를 활성화시켰는가, 그렇지 않은가의 차이다. 시작하는 사람은 그 근육을 매일 훈련하는 사람이고, 시작하지 못하는 사람은 그 근육을 아직 사용하지 않은 사람일 뿐이다. 그러므로 우리는 모두 무엇이든 시작할 수 있다. 시작은 타고나는 것이 아니라, 끊임없이 훈련되는 것이다. 시작은 언제나 우리의 선택이며, 그 선택이 우리를 새로운 길로 이끈다.

나는 어쩌면 성공보다는 실패가 훨씬 많았던 삶이었다. 누구는 무모하다고 하지만 서두르지 않았고 잘 보이려 애쓰지 않았다. 그것은 부메랑이 되어 새로운 도전에 대한 실패를 거듭했다. 갈 곳을 잃고 헤매는 모습조차 하늘의 선택이기를 바라는 마음이었다. 나는 매일 새로운 시작을 연습해보기로 했다. 실패를 딛고 일어나 걷기로 했다. 나이나 환경도 나를 막지 못 하리라. 어제의 경험을 끌어안고서, 오늘의 새벽을 맞이한다. 어느 날은 마음이 무거워 시작이 더디기만 하지만 다시 변화의 시동을 건다. 그것이 자신을 존중하는 방식이고, 삶을 매일 갱신하는 길이기 때문이다. 나는 미래를 두려워하지 않기로 다짐해본다. 그것은 스스로를 굳건히 이끌어가는 중심이 되어줄 것이다.

한 배우가 설립한 출판사는 텍스트 기반 콘텐츠에 대한 새로운 실험으로 '이름 없는 것들'에 대한 사랑을 시작한다. 그 배우는 '소외된 것을 위하여' 책을 만들고, 지역과 연대하며, 익명의 목소리를 품은 콘텐츠를 용기 있게 실험한다. 그 역시 '시작하는 사람'이었다. 그가 택한 길은 낯설었고, 쉽지 않았지만, 그 낯선 시작들이 지금 우리에게 감동을 안겨준다. 모두가 이처럼 살아갈 수 있다. 거창한 목표를 세우지 않아도 괜찮다. 그저 어제보다 조금 더 앞으로 나아가는 작은 발걸음, 그것이 바로 진정한 시작이다. 그 작은 시작들이 꾸준히 쌓이면 우리는 삶의 작가가 된다. 흩어진 조각들을 모아 하나의 문장을 만들고, 고요한 날과 흔들리는 날을 함께 엮어 문단을 완성한다.

잠자고 있는 잊힌 근육을 깨우기만 하면 된다. 그 근육은 지금도 거기 존재한다. 두려움 아래 잠시 숨어 있을 뿐이다. 그리고 때때로 우리를 지켜보며, '지금이라도 괜찮다'고 나지막이 속삭인다. 그 목소리를 듣는 순간, 다시 펜을 들어 인생을 써 내려가기 시작한다. 작은 다짐을 노트에 적으며, 아무도 모르는 한 사람의 용기가 세상의 작은 변화로 이끌어낸다.

다시 시작하는 법을 연습하면 더 이상 실패를 두려워하지 않게 된다. 실패는 끝이 아니라, 올바른 방향을 가르쳐주는 친절한 화살표이다. 넘어진 자리에서 다시 일어나 또 한 발을 내딛는 일이 우리를 성장시킨다. 새로운 날들을 위하여 우리는 오늘도 다시 시작한다. 매일 아침, 창문을 여는 손길처럼 자신의 이름으로 온전히 살아가는 법을 배운다.

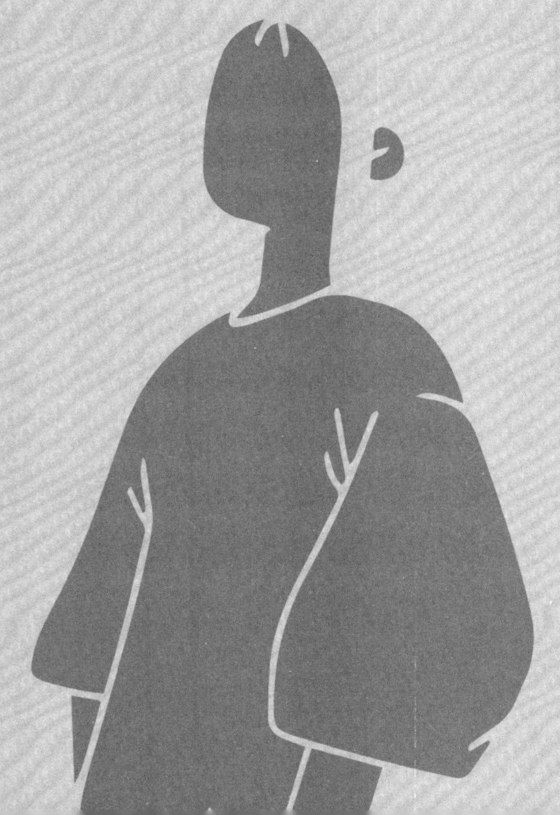

|최동열 작가의 문학적 세계관|

최동열 작가는 대전에서 태어나 교육 현장에 임하며 글쓰기의 길을 겸허히 걸어왔다. 충남대학교 교육대학원과 국립공주대학교 대학원에서 복수의 석사학위를 받았고, 현재 고등학교 교사로 재직하며 배움과 가르침을 통해 삶의 의미를 탐구하고 있다. 그는 『월간신문예』에서 시로 신인상을 수상하며 등단한 시인이고, 수필전문지 『수필과 비평』에서 수필로 신인상을 수상하며 정식으로 등단한 작가이다. 시와 수필의 두 장르에서 문학성을 인정받은 그는 제10회 하이데거 문학상 본상과 2024년 올해의 작가상(대전문인협회)을 수상하며 그 문학적 역량을 더욱 확고히 했다. 지금까지 여러 권의 시집과 교육 도서를 출간한 그는 이번에 출간하는 에세이집을 통해 작가적 세계를 한층 확장하고 있다. 그의 작품들은 언어의 절제 속에서 삶의 깊이와 인간 존재의 온도를 탐구하는 데 초점을 둔다. 인간 본연의 따뜻한 감각을 일깨우는 작가적 세계관은 이 책을 통해 더욱 깊어진 울림으로 독자에게 가까이 다가설 것이다.

지금까지 펴낸 책으로 에세이집 『잊히는 용기, 살아남는 문장』이 있으며, 시집으로 『바람이 속삭이는 말』, 『통찰의 느낌표!』, 『미술관에 불을 끄지 말아요』 등이 있다. 또한 교육도서(공저)로는 『인권교육탐구』, 『사회과교육연구와 수업탐구』, 『법 교육의 이론과 실제』 등이 있다. 현재 그의 문학작품들은 전국 문학지와 시선집 등에 꾸준히 실리며 많은 이들과 공감대를 형성하고 있다.

그는 사회적으로 세종미래교육연구소 대표이자 대전교육연수원 책쓰기 강사로 활동하고 있으며, '시를 통한 심리치료와 감정치유', '문학창작교육', '인권교육' 등의 주제로 강연 활동을 하고 있다. 또한 교육 분야에서 고졸검정고시, 9급 일반직 공무원고시, 고등학교 학력평가·모의고사 출제위원을 역임한 바 있고, 전에 교육인적자원부 현장교원 자문위원, 교원단체 자문위원, 국가인권위원회 교과서 인권 분야 검토 모니터단 위원, 대전교육정책 연구자문위원 등으로도 활동하며 교육 발전에 보탬이 되고자 노력해왔다.

최동열 작가(교사)는 교직 생활을 하며 교육부문에서 장관상 수상 및 7회의 교육감상을 수상했으며, 독서논술지도사, 노인문학활동지도사 및 4개의 심리상담사(일반심리상담사, 가족심리상담사, 미술심리상담사, 도형심리상담사)자격증 등을 취득하여 그 정보를 활용해 교육과 문학에서 학생과 일반인을 돕는 다양한 역할을 수행하고 있다.

＊ 작가에 대한 더 자세한 정보는 인터넷에서 인물정보 '최동열 시인'으로 찾아볼 수 있다. (네이버, 다음, 나무위키, 위키백과, 교보문고, 예스24 등).